婚活食堂8

山口恵以子

PHP
文芸文庫

○本表紙デザイン＋ロゴ＝川上成夫

目次

主な登場人物

玉坂《たまさか》　恵《めぐみ》――四谷《よつや》のしんみち通りにあるおでん屋「めぐみ食堂」の女将《おかみ》。以前は占い師として活躍したが、今はささやかな力で人と人との縁を結ぶ手伝いをしている。

真行寺《しんぎょうじ》巧《たくみ》――大手不動産賃貸会社「丸真《まるしん》トラスト」社長。めぐみ食堂の入るビルのオーナーでもあり、恩人である尾局與の遺言《ゆいごん》により、恵をサポートし続けている。

江川《えがわ》大輝《だいき》――真行寺が後見人を務める少年。真行寺の依頼で、たまに恵が遊びに連れ出す。

尾局《おつぼね》與《あたえ》――「原宿の母」と呼ばれた大人気占い師。恵の占いの師匠で、真行寺の命の恩人。

◆めぐみ食堂の常連客◆

藤原《ふじわら》海斗《かいと》――IT関連事業を手掛ける「KITE」社長。四十代独身で超イケメン。

織部《おりべ》杏奈《あんな》――四谷にある総合病院の事務職員。編集者の豊《ゆたか》と紆余曲折《うよきょくせつ》の末、結婚。

江差《えさし》清隆《きよたか》――邦南《ほうなん》テレビ報道局の『ニュースダイナー』プロデューサー。

沢口《さわぐち》　秀《しゅう》――四谷にある岡村《おかむら》学園の職員。ボランティアで「特定班」の活動をしている。

播戸《ばんど》慶喜《よしのぶ》――四谷にある浄治《じょうち》大学経済学部教授。AI婚活で由子《ゆうこ》と出会い、結婚。

鷲見《すみ》　毅《たけし》――秀が働く岡村学園で、公認会計士の資格取得のために勉強中の大学生。

鷲見《すみ》　敦《あつし》――毅の父親の公認会計士。妻に先立たれ、毅と恵の勧めでAI婚活を始める。

芦川《あしかわ》夏美《なつみ》――海斗の経営する結婚相談所の相談員で、三十年ぶりに再会した鷲見の担当に。

マグノリア麗《れい》――恵の占い師時代の知人。しんみち通りに開業した居酒屋のタロット占い師。

一皿目

相席であら炊《だ》き

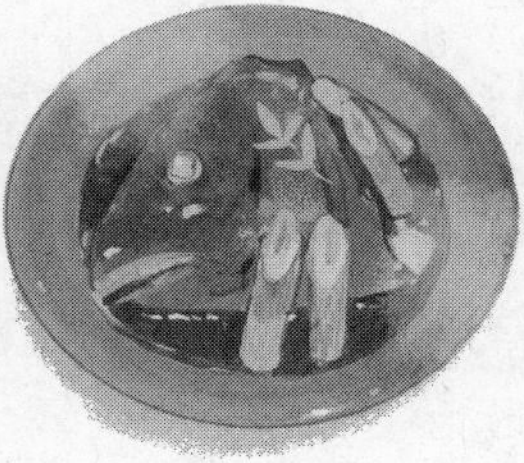

十一月も半ばになると、冬の足音が聞こえてくるようだ。

店の日めくりカレンダーを一枚破り取り、玉坂恵《たまさかめぐみ》はしみじみとした気分でそう思った。

たっぷりと厚みのあった紙束は、もう五十枚足らずしか残っておらず、薄っぺらい。このなんとも頼りないカレンダーを見る度《たび》に、年の瀬が近づいたのを感じて、ちょっぴり寂しい気持ちになる。

そして、日の落ちる時刻の早くなったことといったら……。

夏の間は六時を過ぎても路地には薄日が差していたのに、今は五時を過ぎると周囲は暗くなっている。いや、日の出の時刻も遅くなった。今朝《けさ》、六時前に目を覚ましたら、窓の外はまだ暗かった。

考えてみれば、あと一カ月もすれば冬至《とうじ》なのだから、日が短くなるのは当然だろう。それに、寒くなるのはおでん屋にとって、決して悪いことではない。

恵は下茹《したゆ》でした厚切りの大根をおでん鍋《なべ》に移し入れ、ついでに気持ちも切り替えた。

これから冬にかけては白い野菜が美味《おい》しくなる。大根も長ネギも白菜も、旨味《うまみ》と甘味が増したと感じるのは、決して気のせいではない。里芋《さといも》、レンコン、ゴボウ等々、根菜類も冬が旬だ。

そしておでんも、冬こそ本領を発揮する。寒い季節にあったかい部屋で、熱々のおでんを食べるのが冬の醍醐味《だいごみ》というものだ。

ま、夏に冷やしおでんもいいけどね。でも、冬こそおでんの本番よ。今年の夏も乗り切ったんだから、頑張ろっと。

恵はおでんの具材をすべて鍋に入れ、大皿料理に取りかかった。


ここは四谷《よつや》駅からほど近いしんみち通り。通りとは名ばかりで、幅は車が一台やっと通れるくらい、長さは百五十メートルほどなので、路地と言った方が正しい。しかしこの路地の両側には、七十軒ほどの飲食店がびっしりと軒《のき》を連ねている。敷居《しきい》の高い高級店や、怪しい雰囲気の店はない。誰でも気軽に入れる、明朗会計でお財布にやさしい店がほとんどだ。

対照的に、ひと駅離れた四谷三丁目駅の近くの荒木町《あらきちょう》には、かつての花柳界《かりゅうかい》の面影《おもかげ》を残す粋《いき》な割烹《かっぽう》が点在している。学校と病院と企業の混在する四谷ならではの土地柄だろう。

めぐみ食堂は、しんみち通りでただ一軒の、路面店のおでん屋だ。カウンター十席の小さな店だが、開店からすでに足掛け十四年。老舗《しにせ》とは言えないが、三年以内に約七割が閉店すると言われる飲食業界では、中堅どころと言えるだろう。

元人気占い師で、料理も経営も素人《しろうと》だった玉坂恵が始めた店ではあるが、お客さんたちに支えられ、本人の努力もあって、今ではおでんだけでなく、季節の手料理を目当てに通ってくれる常連さんも少なくない。

日々の恵みに感謝しつつ、恵は今日も店を開けたのだった。

「いらっしゃ……お久しぶり！」

　店を開けて早々にやってきた二人連れのお客さんの顔を見て、恵の声が半オクターブ高くなった。

「こんばんは。すっかりご無沙汰《ぶさた》してました」

　旧姓大友《おおとも》まいと、林嗣治《はやしつぐはる》の熟年新婚夫婦だった。

　林は「フォレスト」というファッション小物の中堅ブランドの創業者で、一線を退いて弟に社長の座を譲った後も、会長として事業に携《たずさ》わっていた。しかし、まいと再婚するに際して事業からはきっぱりと身を引き、夫婦二人の生活を大切にする道を選択した。

　ちなみに、まいも林も配偶者を病気で喪《うしな》い、子供のいない境遇だった。

「林さんもお久しぶりです。お元気そうですね。ちょっと若返ったんじゃありませんか？」

「いやあ、まさか」

「ホントですよ。まいさんも前よりおきれいになったわ」

「お上手ねえ。今夜は大奮発しちゃいそう」

　二人とも照れ笑いを浮かべたが、明らかに嬉《うれ》しそうだった。

　恵は別にお世辞《せじ》を言ったわけではない。まいも林も、一人暮らしをしていた頃より表情が明るくなり、肌の色つやも良い。幸せな家庭生活を送るうちに、《幸せホルモン》と呼ばれるセロトニンの分泌《ぶんぴつ》が活発になったのではあるまいか。セロトニンには、アンチエイジング効果があると言われている。

「お飲み物は、何になさいます？」

　おしぼりを渡しながら尋ねると、林は「君は？」と問うようにまいを見た。

「私は例によって、スパークリングワインをいただきます。嗣治さんは？」

「私もまいさんと同じで」

　そして恵に向かって説明するように言った。

「彼女に付き合って泡《あわ》のワインを呑《の》むうちに、だんだん好きになってね。特に最初の一杯にはぴったりだと思う。華《はな》やかな気分で食事が始められる」

「林さん、元々ダンディでいらしたけど、結婚してますますご趣味がよろしくなったみたい」

「上手《うま》いなあ。やっぱり今夜は大奮発だね」

林はまいに微笑《ほほえ》みかけ、まいも笑顔で頷《うなず》いた。

恵は冷蔵庫からスパークリングワインの瓶《びん》を取り出し、栓《せん》を抜いた。ヴィニデルサ・ドゥーシエ・シュバリエという、スペイン産の中辛口酒だ。カバと呼ばれるスペイン産のスパークリングワインは、シャンパンと同じ製法で作られているが、お値段はお財布にやさしい優《すぐ》れものだ。

まいと林はグラスを合わせて乾杯し、きめ細かい泡を発する黄金色《こがねいろ》の液体を口に含んだ。

「ああ、美味しい」

まいはグラスを下ろすと、カウンターの上の大皿料理を眺《なが》めた。

今日のメニューは、焼きネギのお浸《ひた》し、ブロッコリーとベーコンのキッシュ、タラモサラダ、カブのブルーチーズソテー、ラ・フランスのセロリジンジャー柚子《ゆず》ソースがけ。お通しで頼むと二品で三百円、五品全部載せで五百円。お客さんはほとんど全員、全部載せを注文する。

「みんなワインに合いますよ」

恵は料理を皿に取り分けながら言った。

「ラ・フランスがつまみになるんですか？」

林が腑《ふ》に落ちない顔で尋ねた。

「はい。これが意外や意外、食べてびっくりなんです」

セロリと柚子の皮のみじん切り、おろし生姜《しようが》、柚子の搾《しぼ》り汁、オリーブオイルを混ぜたソースを、切ったラ・フランスにかけただけだが、果物の甘味、ソースの酸味と辛味が一体となって、爽《さわ》やかな味わいが生まれる。フルーティーな白ワインにぴったりで、もちろんドゥーシェ・シュバリエとも相性抜群だ。

「……これは、イケる」

半信半疑の体《てい》でラ・フランスを口に運んだ林だが、続けてグラスを傾けるとパッと目を見開いた。

「こちらはもう、食べる前から合うって分かるわ。ブルーチーズですもの」

まいはカブのブルーチーズソテーを箸《はし》でつまみ、口に入れた。

バターでソテーしたカブにブルーチーズを加え、塩・胡椒《こしょう》で味を調《ととの》えた、これも至って簡単な料理だが、チーズとワインはゴールデンコンビである。相性の良さはご飯とお新香《しんこ》に匹敵《ひってき》する。

「やっぱり、ここのお料理ってしゃれてるわ。雰囲気は家庭的だけど、家庭とは別物ね」

まいは感心したように言ってグラスを傾けた。

「お褒《ほ》めにあずかって光栄です」

すると、まいは申し訳なさそうな口調になった。

「ずっとご無沙汰していて、本当にごめんなさいね。実は、春から京都にいたの」

「まあ！」

「先週、東京に戻ってきたばかりなのよ」

「それはまあ……。お二人で？」

まいは小さく首を振った。

「スーちゃんと三人で」

スーちゃんというのはまいと林が飼っている元保護猫で、名前はすみれという。

二人が知り合うきっかけとなった、キューピッドだ。

「でも、どうしてまた、京都に？」

「本当はね、新婚旅行でヨーロッパに行くはずだったの。駆《か》け足の旅行じゃなくて、あちらにアパートを借りて、半年くらい滞在したいと思っていたの。私、ヨーロッパで暮らすのが、子供の頃からの夢だったのよ。でも、現実はそれどころじゃなくて」

まいは小さく溜息《ためいき》を吐《つ》いた。

「嗣治さんが、ヨーロッパに連れて行くって約束してくれたときは、本当に夢みたいだったわ。ところが、例の流行病《はやりやまい》でしょ」

「海外渡航する場合は、相手国に着いたら隔離生活、日本に帰国したらまた隔離生活と言われて、二人ともすっかり興ざめしてしまったんです。それで、国内旅行ならどうかという話になって」

林が後を引き取って説明した。

「それなら京都に行きたいって思ったの。何といってもロマンチックですものね。古い街並みと文化が残っていて」

まいはまるで外国人のような感想を述べた。

「最初は旅館に泊まってたんだけど、嗣治さんが町家《まちや》を借りてくれたので、生まれて初めて京都暮らしを体験できたわ。二人で近所の路地を散歩したり、錦市場《にしきいちば》で買い物をしてご飯を作ったりしてね。私、東京しか知らないから、とても新鮮だった」

思い出に浸るように、まいはうっとりと目を細めた。

「で、まあ、京都暮らしは堪能《たんのう》したので、そろそろ東京に戻ろうって話が決まったんです。正月も近いことだし」

林はグラスに残ったドゥーシェ・シュバリエを呑み干した。

「まいさん、良い経験でしたね。考えてみれば私も、東京以外で暮らしたことがないんですよ。京都に住むって、どんな感じなのかしら」

かつて人気占い師だった時期は、テレビや雑誌のイベントで日本各地を訪れたものだが、ホテルと会場と駅、あるいは空港を行き来した記憶しか残っていない。

「来年はヨーロッパに滞在なさるんですか？」

まいと林は同時に首を振った。

「京都に住んでみて分かったの。この歳《とし》で環境を変えると疲れるって。京都だから何とかなったけど、外国じゃ無理」

「だからまあ、普通の観光旅行にしようと。滞在型のプランなら、のんびり出来ますから」

林は鷹揚《おうよう》に言って、壁のホワイトボードに目を遣《や》った。本日のお勧め料理が書いてある。

自家製しめ鯖《さば》、太刀魚《たちうお》（塩焼きまたはレモンバタームニエル）、アナゴの煮凝《にこご》り、大和芋《やまといも》の擂《す》り流し。

「これは、全部食べたいけどなあ」

林が胃のあたりに手を置くと、まいが励ますように言った。

「全部いただきましょうよ。二人なら大丈夫。ね？」

最後は確認するように恵の方を見た。

「はい。ボリュームがあるのは太刀魚だけです。大和芋の擂り流しは、お出汁《だし》じゃなくて、冷たい味噌汁《みそしる》で薄めてあるんです。するりと飲めて、シメにぴったりですよ」

「ああ、静岡で食べたことがある。自然薯《じねんじょ》を擂り下ろして、出汁と味噌で割って、麦飯《むぎめし》にかけるんだ」

「麦とろね」

「そうそう。『東海道中膝栗毛《とうかいどうちゅうひざくりげ》』にも〝とろろ汁〟の名前で登場する、昔からの名物だよ」

「私、とろろはいつもお出汁か、卵とお醤油《しょうゆ》で割っていて、味噌味はまだ食べたことがないの」

まいは目を輝かせ、恵を見上げた。

「お勧め、全部お願いね。播り流しはシメで。それと、このお酒、お代わり」

まいがグラスを指さすと、林も自分のグラスに目を遣った。

「私は日本酒にしようかな。しめ鯖と煮凝りだし」

林は問いかけるように恵を見た。

「鶴齢《かくれい》か、鍋島《なべしま》の純米吟醸《ぎんじょう》は如何《いかが》ですか？　どちらも旨味が強くて酸味も利《き》いているお酒なので、青魚や揚げ物、南蛮漬《なんばんづ》けとも相性が良いと、酒屋さんが言ってました」

「そうだね。え〜と、どっちがいいかな？」

「そうですねえ。産地で言うと、鶴齢は新潟のお酒で、鍋島は佐賀のお酒です」

「じゃあ、新潟にするかな。冷やで一合下さい」

「かしこまりました。太刀魚は塩焼きとムニエルと、どちらになさいますか？」

林とまいは互いに顔を見合わせた。答えは一瞬で決まった。

「塩焼き」

二人は同時に声を上げ、笑みを漏《も》らした。

アナゴの煮凝りは、荒木町の「タキギヤ」という有名な居酒屋で食べて、あんまり美味しかったので作り方を教えてもらった。

開いたアナゴを買ってきて、生姜を利かせた出汁で煮て、ゼリーで固めれば完成する。アナゴのぬめりを取るのにひと手間かけるだけで、決して難しい技術はいらない。しかし、生姜風味の出汁の旨味に包まれたアナゴのプルンとした食感は、止めどなく酒を誘う。おまけに冷蔵庫で一週間は保存できるので、作り置き料理としても重宝《ちょうほう》だ。

「こんばんは」

まいと林がお勧め料理を食べ進んでいるとき、入り口の引き戸が細目に開いて、若い男性が顔を覗《のぞ》かせた。

「一人なんですけど、いいですか？」

「いらっしゃいませ。どうぞ、お好きなお席に」

恵は笑顔でカウンターを指し示した。カウンター十席の小さな店だから、中の様子は一目瞭然《いちもくりょうぜん》だ。

若い男性は遠慮がちに入ってきて、一番端《はし》の席に腰を下ろした。

「お飲み物は何になさいますか？」

おしぼりを差し出しながら、恵は笑顔を崩さずに尋ねた。

その初めてのお客さんは、近くで見るとますます若い。二十歳《はたち》そこそこくらいだろう。

四谷には大学や専門学校がいくつもあるから、しんみち通りにも学生たちは大勢やってくる。しかし、彼らはほとんどチェーン店の居酒屋など、コストパフォーマンスの良い店に流れてしまう。

めぐみ食堂の歴代最年少の常連客は、女性は結婚前の吉本千波《よしもとちなみ》と田代安奈《たしろあんな》、男性は見延晋平《みのべしんぺい》と矢野亮太《やのりょうた》だ。彼らは全員すでに社会人になっていた。ところが、目の前の青年は、どうやらまだ学生らしい。これは来店客の中で新記録だろう。

「え～と、レモンサワー下さい」

しばらく落ち着きのない目で店内を見回してから、青年は注文を告げた。

「はい。お待ち下さい」

恵がレモンサワーを作る間に、青年はカウンターの大皿料理をしげしげと眺めた。

「こちら、お通しで、一品で三百円、五品で五百円になります」

料理の説明をすると、青年は目を輝かせた。

「全部下さい」

青年はレモンサワーを呑みながら、お通しに箸を伸ばした。お腹《なか》が減っていたのか、結構なスピードで平《たい》らげてゆく。若さの特権を見るようで、恵はほんの少し羨《うらや》ましくなった。

今時の若者らしく、青年はこぎれいな印象だった。背丈は百七十二、三センチだろう。ほっそりして、色白で、顔立ちは品良く整っている。超の付くイケメンではないが、ほどほどにかっこいい。むしろこの青年のようにイケメンすぎない方が、現実には女の子に受け容《い》れられやすいのかもしれない。

あっという間に五品の料理を平らげた青年は、壁のお勧め料理のメニューには目もくれず、おでん鍋を覗き込んだ。

「色々あるんですね」

「はい。何かお好きなものはありますか？」

「ええと、大根とコンニャク、卵……里芋、それとタコ」

恵が皿におでんを取り分け、汁をたっぷりかけて青年の前に置いた。

青年は大根を箸で割って口に入れ、ハフハフと息を吐いてから、レモンサワーを呑んで熱を冷ました。大根と里芋を食べ終わると、グラスも空《から》になった。

「お代わり下さい」

青年はグラスをカウンターに載せた。その威勢のいい食べっぷりと呑みっぷりに、まいも林も目を細めた。

「お客さま、良かったらスペシャル、召し上がってみる？」

「何、それ？」

「鶏ガラ。うちのおでんの出汁は、昆布《こんぶ》と鰹節《かつおぶし》と鶏ガラで取ってるの。出汁を取り終わった後の鶏ガラは、結構肉も付いてて、軟らかくて美味しいの。一度お客さまに出したら好評でね。それ以来定番メニュー。一日二羽限定だから、スペシャル」

青年は逸《はや》る心を抑《おさ》えるように尋ねた。

「それ、いくらですか？」

「三百円です」

「じゃ、下さい」

「はい。ありがとうございます」

「恵さん、こっちもおでんをいただくわ。私は大根と牛スジ、葱鮪《ねぎま》、つみれ」

「私は昆布とコンニャク、里芋、ジャガイモ」

二人はおでんも一品をシェアするので、タネがかぶらないように注文する。

「わあ、すげえ」

青年は目の前に出された《スペシャル》に歓声を上げた。鶏ガラ一羽分が皿に載っている。骨の間には肉と、肝臓《かんぞう》や腎臓《じんぞう》など内臓の一部が残っていて、結構食べ応《ごた》えがある。

「お味が足りなかったら、塩・胡椒して下さい。手摑《てづか》みでどうぞ」

恵は新しいおしぼりを出してカウンターに置いた。

お通しとひと皿目のおでんを平らげて人心地が付いたのか、青年は慎重な手つきで《スペシャル》に挑《いど》んだ。

「こんばんは」

そこへ、新たに女性のお客さんが入ってきた。

「いらっしゃいませ」

今や常連の仲間入りを果たした沢口秀《さわぐちしゅう》だ。職業は専門学校の事務職だが、インターネットの公開情報を駆使して「ロマンス詐欺《さぎ》」などの被害を防止する活動をボランティアで続けている。

「あ」

青年は秀が入ってくると、いたずらが見つかった子供のような顔になった。

「やっぱりね」

秀は青年を見て、一つ離れた椅子《いす》に腰を下ろした。

「あら、沢口さんのお知り合い？」

おしぼりを渡しながら訊《き》くと、秀は頷いた。

「うちの学生」

「まあ、そうでしたか」

秀の勤める岡村《おかむら》学園は、公認会計士と税理士を目指す学生向けの専門学校だ。「岡村メソッド」と呼ばれるカリキュラムで知られ、国家試験の合格率が高いので、通学者には現役大学生も少なくない。

「鷲見《すみ》毅《たけし》君。公認会計士を目指して勉強中。今日、『大人のムードの品の良い居酒屋がないか』って訊かれ、ここを推薦《すいせん》したの。だからもしかしてって思ったら、案《あん》の定《じょう》来てたわ」

おしぼりで手を拭《ふ》く秀の横で、毅は小さく肩をすくめた。

「それはありがとうございます。うちに見えるお客さまとしては、すごくお若いので、不思議に思ってたんです」

毅は、秀と恵を交互に見て言った。

「仲間と一緒ならチェーン店でいいんだけど、一人のときは、ちょっと目先を変えたいと思って」

「いい傾向よ。私だってちょっと前までチェーン店専門だったけど、やっぱり個人の店って落ち着くわ」

「沢口さんも？」

「うん。女一人だと、何となく初めての店は入りにくくてね。でも、ここは料理は美味しいし雰囲気もいいし、すっかり気に入っちゃった。一人でも友達同士でも気楽に呑めて、その割に高くないし」

秀は、弟を教え諭《さと》す姉のような口ぶりになった。

「鷲見君も、ここに彼女を連れて来れば、きっと株が上がるよ」

そして、お通しを皿に取り分けている恵へ顔を向けた。

「スパークリングワイン、グラスで」

「はい。今日はスペインのカバ、ドゥーシェ・シュバリエになります」

秀は鶏の骨をしゃぶっている毅に言った。

「ここ、お酒も色々揃《そろ》ってるの。特に日本酒の品揃えがいいみたい」

「じゃあ、僕も次は日本酒頼もうかなあ」

毅はメニューを手に取ったが、すぐに恵に目を移した。

「分かんないや。ママさん、お酒、何がいいですか？」

「お料理は何を召し上がります？　おでんか、他のものか」

「おでん」

恵は秀のグラスにドゥーシェ・シュバリエを注《つ》ぎながら答えた。

「まずは喜久酔《きくよい》の特別純米がお勧めです。透明感とまろやかな甘味のある、ピュアな日本酒です。お出汁の利いた煮物と相性抜群で、おでんには一番お勧めのお酒です」

「ママさん、詳《くわ》しいですね。ソムリエみたい」

「実は、酒屋さんの受け売りなんですよ」

恵が微笑みかけると、毅もつられたように笑みを漏らした。

「じゃあ、それにします」

「冷やでよろしいですか？」

毅が頷くと、壁のお勧め料理のメニューを見ていた秀が恵に声をかけた。

「しめ鯖と煮凝り下さい。それと日本酒ね」

「鶴齢と鍋島がお勧めですが、どちら？」

「鍋島」

二人の遣り取りに、毅はまた感心したような顔をした。

「沢口さん、常連感漂《ただよ》ってますね」

「あら、嬉しい」

そして再び弟を諭す姉のような口調で言った。

「ここのおでんの名物は、牛スジと葱鮪とつみれなの。この三つを食べないと損するから」

「分かりました。次、もらいます」

「それと、トー飯《めし》っていうのがあって、茶飯《ちゃめし》におでんのお豆腐を載せてお茶をかけるんだけど、シメに絶対お勧め」

カウンター越しにまいと林を見ると、二人とも目を細めて秀と毅の遣り取りを聞いている。微笑ましい気持ちなのだろう。

いつか、毅君が彼女を連れて、店に来てくれたら嬉しいな。……その日が来るまで、店も私も続きますように。

恵はそっと心の中で願った。

翌日の午後四時、恵はいつものように自宅マンションを出て、しんみち通りに入った。めぐみ食堂は、しんみち通りの一番奥に近い位置にある。

五メートルほど手前の、通りを挟《はさ》んではす向かいになる空店舗《あき》に、工事中のシートがかかっていた。半年近くテナント募集の紙が貼《は》られていたが、やっと新しい借り手が見つかったようだ。

以前のテナントは開店から二年で閉店してしまった。大衆的な居酒屋だったが、オープンした時期が悪く流行病の真《ま》っ只中《ただなか》で、従業員を何人も雇《やと》っていたことから経営が成り立たず、店をたたまざるを得なかったのだ。

他人事《ひとごと》ではないので、恵は前の店には心から同情した。今回、新しい借り手が見つかって、本当に良かったと思う。

商店街も飲食店街も、櫛《くし》の歯が欠けるようにシャッター店が増えると、それだけで街の活力が損なわれてしまう。通り沿いの店がみな営業していることが、街の魅力に繋《つな》がるのだ。

それから一週間ほどが過ぎた。

「こんばんは」

その日の口開けのお客さんは、豊《ゆたか》と杏奈の織部《おりべ》夫婦だった。

「いらっしゃいませ」

豊は編集者、杏奈は病院で事務の仕事をしている。職業柄、豊は定時に帰れないことも多く、家事は専《もっぱ》ら杏奈が引き受けているので、豊は感謝を込めて、早く帰れる日は杏奈を食事に連れてゆく。二人のお気に入りはめぐみ食堂だ。おでんはヘルシーなメニューが多く、お財布にやさしい。そして、二人の出会いの場所でもあった。

「私、スパークリングワイン、グラスで」

「僕、小生下さい」

注文を済ませると、杏奈は手にしたチラシを、恵の前でひらひらと振った。

「これ、通りの入り口で配ってたわ」

「ほら、はす向かいで工事中の」

豊が杏奈の言葉を補《おぎな》った。

「ああ、今週の金曜に開店するそうですね」

飲み物を出すと、杏奈は恵に宣伝チラシを手渡した。

表面には「占い居酒屋　ゑんむすび」という店名と「あなたのごゑん、結びます」というキャッチコピーが印刷されていた。裏面は酒とつまみの値段表だ。パッと見た限り、つまみは乾き物、酒はビールとサワー類で、いささかあざとい店名とは裏腹に、何の特徴もない品揃えだった。

恵は無意識に、カウンターに並べた大皿料理へ目を遣った。

今日は、カボチャサラダ、鯛《たい》のあら炊き、桜エビ入り卯の花《うのはな》、卵焼き、野沢菜《のざわな》とジャコのゴマ油炒《いた》め。どれもひと手間かけた品ばかりだ。

ことさらそんなことを思ったのは、「占い居酒屋　ゑんむすび」という店名に刺激されたせいかもしれない。

恵はかつて一世を風靡《ふうび》した人気占い師だった。不幸な事件で、マスコミ人気と全財産、そして生まれながらに授《さず》かった不思議な力も失い、絶望の淵《ふち》に立たされた。それが、「めぐみ食堂」という名の小さなおでん屋と出合ったことで、人生をやり直すことが出来た。

だから安易に占いを持ち出されると、いい気持ちがしない。

「でもさあ、この店名、けっこう胡散臭《うさんくさ》くない？」

「うん。絶対にめぐみ食堂のパクリだと思う」

恵の気持ちを代弁するかのように、豊と杏奈は言った。

「きっと、恵さんがテレビに出たのを見て、便乗したんだわ」

以前、恵は二つの局が放送するニュース番組に、立て続けに出演した。それを観《み》て来店してくれたお客さんの中には、リピーターになってくれた人もいるが、めぐみ食堂は一時的なブームに踊らされることはなく、以前からの常連さんに支えられている。

「確かにめぐみ食堂がなかったら、僕たちは結婚してないかもしれないけど、もしここが露骨に縁結びを売りにしてる店だったら、最初から信用してないよ」

「私も。押しつけがましいのって、嫌よね」

杏奈はそう言いながら、桜エビ入り卯の花をひと箸つまんで目を見張った。

「なに、これ？　美味しい！」

「でしょう。神楽坂《かぐらざか》の『大川《おおかわ》や』っていうお蕎麦屋《そばや》さんで食べたの」

桜エビを焦《こ》げる寸前まで揚げ炒めにしてから、出汁とおからを加えて煮含め、醤油・砂糖・みりんで味付けする。香ばしい桜エビの風味と豊かな出汁の味わいは、やんわりと酒を呼ぶ。

「作り置き出来るから、便利で助かるわ。今週の定番メニュー」

鯛のあら炊きから身をこそげ取った豊が、溜息を漏らした。

「これも、美味《うま》い。魚煮るのって、すごく難しいんでしょ？」

「それが、そうでもないの。京都の『食堂おがわ』直伝《じきでん》よ」

鍋底にゴボウを敷き、強火で一気に煮る。出来上がりは、汁はカラメル状になって焦げる寸前、アラの外側は煮汁をまとって茶色の照りが出ているが、身は真っ白で魚の本来の味を損なわない。

出来立てを口に入れると、澄《す》んだ味で、鯛の上品な旨味が広がってゆく。とろりとした煮汁に浸《つ》ければ味に強弱が生まれ、鯛の旨味を吸い込んだゴボウは、鼻に抜ける清涼感を失っていない。

「粗《あら》く炊くから『あら炊き』。煮物と違って、魚に味を染《し》み込ませない方が美味しいんですって。開店直前に炊き上げたの。だから、まだ、あったかいでしょ？」

豊は何度も頷いた。

「僕、これで白いご飯、食べたくなった」

「シメにご用意しましょうか？　煮汁をかけると進みますよ」

「永久運動になりそうで怖い」

豊がムンクの『叫び』のように両手で顔を挟むと、杏奈はにんまり笑って肘《ひじ》で脇腹をつっついた。

「あら炊きの作り方教わって、毎日作ってあげる。そしたら、他におかず要《い》らないもんね」

豊はさっと杏奈のグラスを指さして「お代わり下さい」と言うと、杏奈に向かって恭《うやうや》しく最敬礼した。

「今日のところは、これで」

「分かった」

恵は笑いを誘われたが、心の片隅にはまだ「占い居酒屋　ゑんむすび」が引っかかっていた。

いったいどういう店なのだろう。名前倒れの、ごく普通の居酒屋なのか。それとも、占いと縁結びを前面に押し出した営業をする店なのか。もし後者だったら……。

でも、もう考えるのは、やめよう。どんな店が出来たって、うちは今まで通りやっていくだけなんだから。

恵はもやもやした気持ちを心の外に追い払い、壁にかけたホワイトボードの「本日のお勧め料理」を見直した。自家製しめ鯖、銀杏《ぎんなん》、カマスのオリーブオイル焼き、鮭《さけ》とキノコのホイル焼き、生たらこ煮。

料亭のように手の込んだ料理ではないが、旬の食材を大切に、すべて一から手作りした。常連さんはそれを分かって通ってくれる。自信を持とう。心の中で自分自身に言い聞かせた。

十時を過ぎると、カウンターにいたお客さんたちは帰り支度《じたく》を始めた。前は閉店時間の十一時を過ぎても粘《ねば》るお客さんもいたが、最近は引きが早くなった。流行病の影響で、遅くまで呑む習慣が断絶したと、誰かが言っていた。

「こんばんは」

最後に席を立ったお客さんと入れ替わりに、見慣れた顔が入ってきた。邦南《ほうなん》テレビのプロデューサー江差清隆《えさしきよたか》だった。

「いらっしゃい」

恵はほんの少し声を弾《はず》ませた。江差が店を訪れたきっかけは、担当する番組の出演依頼だったが、すっかりめぐみ食堂が気に入ったらしく、以来、個人的に通ってくれる。今や常連客の一人だ。

「看板？」

江差は椅子に腰かけて、貸し切り状態になった店を見回した。

「まだまだ。でも、十五分経《た》ってもお客さまが入らなかったら、貸し切りにするわ」

恵はおしぼりを手渡して、飲み物の注文を尋ねた。

「ハイボール」

「これ、お客さまにもらったの」

酒の支度をする間の時間つぶしに、恵は杏奈からもらった宣伝チラシを江差の前に置いた。江差はチラシを一瞥《いちべつ》してにやりと笑った。

「ライバル店現るってとこかな」

「どうかしら。うちよりお客さまの年齢層が低いと思うけど」

ハイボールのグラスを差し出すと、江差は「何か呑んだら」と勧めてくれた。

「それじゃ、遠慮なく」

恵は瓶に残っていたドゥーシェ・シュバリエをグラスに注ぎ、乾杯した。

「相席ラウンジみたいな感じかな」

江差は再びチラシを眺めた。

「相席ラウンジって？」

「男女の客を同じテーブルに座らせて、飲み食いさせる店。セッティングなしで合コンが出来るのが売り」

恵は大皿料理を取り分けながら、首を傾《かし》げた。

「それだと、女性は敬遠する人が多くない？」

「そこは店も考えてるよ。基本、女性は飲み放題で無料《タダ》。料理も相席した男性客が払うから、タダ飯食べ放題。席料五百円とか取る店もあるけどね」

「それじゃ、男性はお財布代わりに使われちゃうわね」

「それくらいは覚悟の上。だから野郎は店に行く前に、腹ごしらえしていく。一緒に食ったら高くつく」

恵は馬鹿らしくなって苦笑した。

「そんなお店、どこが良くて行くの？」

「そりゃあ、ガチ素人の女性と出会えるってスケベ心だな。キャバクラやガールズバーの女性とは、あくまでお客と接客係の関係だから、面白味に欠けるでしょ」

江差は鯛のあら炊きを口に入れて、舌鼓《したつづみ》を打った。

「これ、美味いなあ。この煮汁かけて、白い飯食いたい」

「シメにご用意しますよ」

「じゃあ、シメに備えて軽くしよう」

江差はお勧め料理の中から銀杏と生たらこ煮を選んだ。

「それと、日本酒。〆張鶴《しめはりつる》、一合」

恵は小鍋に生たらこと煮汁を入れ、ガス台の火をつけた。

それから殻《から》付きの銀杏を紙封筒に入れ、電子レンジで加熱した。五〇〇ワットで四十秒ほど加熱したら食べられる。殻はキッチンバサミのクルミ割りなどで割れ目を入れて剝《む》く。インターネット検索で知った方法で、フライパンで加熱するよりずっと短時間で、お手軽だ。

小皿に盛って塩を添えて出すと、江差は美味そうに口に放り込んだ。

「銀杏も大人の味だよなあ。このほんのりした苦味が」

「江差さんは、相席ラウンジに行ったことあるの？」

「あるよ。去年。部下のＡＤと三人で」

「どうだった？」

「いやあ、それがさ、年末だったせいもあるけど、店入ったら男ばっかで、女の子なんか誰もいないの。もう、即行で帰ったよ」

「あら、まあ」

「で、年が明けてからもう一度リベンジしたら、今度は男女が程良く半々くらい……女性の方が少し多かったかな。無事に三人で来てる女性グループと相席になった」

「で、どうだった？」

「まあ、普通だよね。テレビ局に勤めてるから、芸能人のエピソードや撮影の裏話である程度座は持ったけど、要するに女の子にご馳走《ちそう》してしゃべっただけだからね。オヤジのスケベ心が満たされるようなアヴァンチュールはゼロ」

鍋が煮立って、醤油の香りが広がった。恵は火を止めて、生たらこの煮物を器《うつわ》に盛った。

旬の鱈《たら》の卵は、煮つける前にさっと茹でてある。出汁を利かせた煮汁には、臭《くさ》み消しに生姜の千切りを入れた。二、三センチの長さに切った生たらこは、熱が加わると粒が弾《はじ》けて開き、塩漬けのたらことは見た目も味も食感も違う。

江差はたらこを口に入れ、〆張鶴のグラスを傾けると、うっとりと目を細めた。

「ねえ、相席ラウンジのお客さまって、グループが多いの？」

「大体二人以上。中には一人で来てる剛《ごう》の者もいたけど、あれは何度も店に行って、おおよそのことが分かってるからだと思う。最初から一人は、さすがに無理だよね」

そして、思い出したように頰《ほお》を緩《ゆる》めた。

「隣のテーブルにいた女性二人組が傑作でさ。完全に食いに入ってるの。ボーイさんが男性二人組と相席になるように案内しに来たら、そのまま二人で帰っちゃった。笑ったね」

「そうか。女の子なら、毎日タダでご飯が食べられるわけね」

「まあ、店も商売だから、目に余る場合は出禁《できん》にすると思うけど」

恵は相席ラウンジという営業形態を考えてみた。うまく男女の比率が半々になればいいが、偏《かたよ》ったら経営に差し支《つか》える。一時の流行で終わるのか、これからも長く続いてゆくのか、先のことは分からない。

「そういえば、昔はディスコなんか、人気のある女性客は無料で入店させてたのよね。その人がいるだけでお客が増えるから。相席ラウンジはどう？」

江差は、たらこの煮物を頬張ったまま首を振った。

「俺《おれ》の見る限りではいなかった。まあ、他の店は知らないけど。でも、サクラは置かないんじゃないかな。分かった途端《とたん》、男の方は熱が冷めるし」

「もしかして、真剣に出会いを求めてる人とか、来るの？」

「そういう人もいると思うよ。ほら、手続きの要らない合コンみたいって言ったでしょう。合コンで出会って結婚する人がいるように、相席ラウンジで出会って結婚するカップルもいるわけ」

「ああ、なるほど」

江差の説明で、行ったことのない相席ラウンジに対する印象が好転した。

「これからは特に、そういうお店は出会いの場として必要ね、きっと」

「急に、肩持つじゃない」

「あなただって知ってるでしょ。結婚する人、どんどん減ってるのよ」

見合い結婚は廃《すた》れ、職場結婚も減少した。つい四十年くらい前まで、日本では男女共に九十五パーセント以上が、生涯に一度は結婚する皆婚社会だった。しかし今や男性の四人に一人、女性の七人に一人が五十歳の段階で未婚という、非婚化が進みつつある。アンケート調査によれば、男女共に大多数が「好《よ》い人がいたら結婚したい」と望んでいるというのに。

このままでは、近い将来、結婚は、恵まれた環境か、恵まれた資質を有する男女にのみ許される、一種の特権になってしまうかもしれない。

「考えてみれば、不思議だよなあ。どうして半世紀もしないうちに、そこまで結婚事情が変わっちまったんだろう。確か男女比はそれほど変化してないはずだけど」

「年頃になれば、男女共に本人が何もしなくても、それなりの相手と出会えるシステムがなくなったからよ。おせっかいな親戚《しんせき》とか、ご近所の仲人《なこうど》おばさんとか、世話好きな上司とか、会社がお金を出してくれたサークル活動とか、村の青年団とか」

江差は腑に落ちない顔で首を傾げた。

「でもさあ、小学校から男女共学でやってるわけだし、何とかなりそうな気がするけどなあ」

「日本人は恋愛ベタなのよ。私、この前ネットの記事で『恋愛強者はいつの時代も三割程度しかいない』っていう記事を読んだの。お説ごもっとも、って思ったわ。異性にアタックしてラブラブになってゲット出来る人って、十人のうち三人なのよ」

「今のセリフ、死語率めちゃ高い」

江差の茶々は相槌《あいづち》のようなものなので、恵は構わず受け流した。

「中学生の頃を思い出してごらんなさい。ヴァレンタインに義理じゃないチョコをもらえる同級生なんて、クラスで三割もいなかったはずよ」

「……確かに」

江差は今度は納得した顔で頷いた。

その記事には「かつて日本人のほとんどが結婚していた時代には、見合い結婚や職場結婚という、いわば《恋愛なしでも結婚出来るシステム》が普及していた」とあって、恵はまたしても膝《ひざ》を打った。

だから今、ほぼ九割が恋愛結婚という時代になって、恋愛弱者には結婚難の時代が到来したのだ。おまけに恋愛強者には離婚と再婚を繰り返す者もいて、しぶとく結婚市場から退場しなかったりする。すると恋愛弱者はますます割を食ってしまう。

「そういえば前に、二十代の男女で、異性と付き合った経験のない人が、男で三十九・五パーセント、女で約二十二パーセントって統計を見たことがある。死ぬまで一度も、結婚どころか恋愛したこともない男女もいて、生涯未婚率ならぬ生涯未恋率とか言うそうだ」

「なんだか寂しい話ね」

「ところが当の若者たちは、案外寂しがってないみたいなんだな。どうも彼らにとって、恋愛は《楽しいもの》から《面倒臭《めんどう》いもの》へ変わりつつあるらしい」

恵は思わず天を仰《あお》いだ。

「私の青春時代はバブルだったから、クリスマスが近づくと、銀座《ぎんざ》のティファニーの前で若い男が行列していたわ。イブの翌朝はシティホテルのフロントが、若いカップルでいっぱいだったり。あれはいったい何だったのかしら？」

「あの当時の映像観ると笑えるよな。女の子はみんなロングヘアで前髪立てて、ぶっとい眉毛《まゆげ》で奴《やっこ》さんみたいな肩パッドの服着て」

「それがトレンドだったのよ……って、これも死語に近いわね」

恵は小さく肩をすくめて、グラスにドゥーシェ・シュバリエを注ぎ足した。

「若いうちから草食化しなくたって、歳を取ればいやでも枯れてくるのに、もったいない話だわ」

「バーナード・ショーは、『青春は若い奴《やつ》らにはもったいない』と言った。歳取るとこの名言が身に染みるね」

江差はデカンタに残った〆張鶴をグラスに開けた。

「次、何にするかな」

「おでんにします？」

「うん。大根とコンニャク。残ってたら牛スジも」

「それじゃ、お酒は喜久酔かしら」

「王道だね。一合」

恵はデカンタに喜久酔を移しながら、昔の風景を思い出した。確かに悪趣味だったかもしれないが、三十年前の東京の街を行く人々は、今より華やかだったように思える。

「……三十年で貧しくなったって思うと、なんだか悲しいわ。私が物心ついてから二十歳《はたち》過ぎまでずっと、日本は右肩上がりの印象だったから」

もしかして、恋愛する若者が減ったのも、右肩下がりの世の中になったせいだろうか。

「いや、バブルの頃は、日本の歴史の中の特異例だったんだと思うよ。今はむしろ、本来の日本の姿に戻っただけじゃないの。そもそも明治時代の詩人である北村《きたむら》透谷《とうこく》が言い出すまで、日本に『恋愛』はなかったし」

「あら、そうなの？」

「そう。それ以前は『色恋』だった」

江差は牛スジにかぶりつき、串《くし》から抜き取った。

「でも、『百人一首《ひゃくにんいっしゅ》』にも恋の和歌は多いわよ」

「あれを詠《よ》んだのは、一部の特権階級の人でしょ。一般庶民は恋なんかしてる場合じゃなかったと思うよ。飢饉《ききん》とか流行病とか自然災害とかでさ」

「江戸時代は？　近松《ちかまつ》の心中物《しんじゅうもの》とか人気だったでしょ」

「江戸の町は確か、独り者の男が多くて、男女の人口比がアンバランスだったんだよ。それで遊郭《ゆうかく》や岡場所《おかばしょ》がいくつもあったわけ。『恋と幽霊は見たことがない』って寸言《すんげん》が残ってるくらいだから、近松の心中物が流行《はや》ったのも、特殊な例外だったからじゃないの」

「そっか。恋愛しなくても、日本は続いてきたわけだ」

江差は皿に口をつけておでんの汁を啜《すす》り、にやりと笑った。

「恵さんだって、他人《ひと》の心配できる身の上じゃないでしょう。独り身なんだから」

「あら、私は『結婚難民』じゃないわよ。一度してるから」

そしてカウンター越しにぐっと身を乗り出した。

「それより江差さんも、真面目《まじめ》に結婚を考えるなら、ここ二、三年が勝負よ」

「突然矛先《ほこさき》を向けないでよ」

「真剣に言ってるの。俺は結婚できないんじゃない、したくないだけだ、その気になればいつでも出来ると思ってるんでしょうけど」

「思ってない、思ってない」

江差は顔の前でパタパタと片手を振ったが、恵は無視した。

「結婚して子供が生まれて、その子が二十歳になったとき何歳かって考えると、そろそろあわてた方がいいわ」

江差は四十代半ばだ。今すぐ子供を作ったとしても、二十年後は六十代半ばになっている。

「悲しいこと言わないでよ」

わざとらしく俯《うつむ》いてから、急にぱっと顔を上げた。

「そういえば、同年代の知り合いが、最近立て続けに結婚した」

きっと子供の将来を考えたからだと、恵は勝手に解釈した。

「俺もそろそろ考えないとダメかなあ」

江差は腕組みをして首をひねった。そして次の瞬間には、またにんまりと笑みを浮かべた。

「つまり、ここへ通えってわけだ。婚活のパワースポット、めぐみ食堂！」

「大正解！」

恵も思わずポンと手を打った。

夜更《よふ》けの店内に、小さな笑いが広がった。


「行ってきたわよ、ゑんむすび！」

カウンターの席に座るなり、杏奈は興奮気味に告げた。「占い居酒屋　ゑんむすび」は、今週開店したばかりだ。

隣の席では童話作家の麻生瑠央《あそうるお》が目を輝かせている。瑠央は杏奈の大学の先輩で、杏奈の夫の豊が担当編集者だった。

「まあ、まあ、それはお疲れさまでした」

恵は二人におしぼりを手渡して、飲み物の注文を尋ねた。

「スパークリングワイン、ボトルで」

即座に瑠央が答えた。杏奈と二人で来るときは、瑠央が奢《おご》るのが常なので、注文もほとんど瑠央が決める。とはいえ杏奈もスパークリングワインが好きなので、異存はないようだ。

「それで、如何でした？」

杏奈と瑠央は素早く目を見交わした。どちらが先に話すか、順番を決めたらしい。先に口を開いたのは瑠央だった。

「何というか、割と面白かったわ。どのお客さん同士を相席にさせるか、占いで決めるの」

「占い？」

「カード占い。タロットカード。店に入るとまず待合室みたいな小さな部屋があって、そこで店のママがタロット占いをやるの」

杏奈も口を挟む。

「中東の女の人みたいに、ベールをかぶって目だけ出してるの。付けまつ毛とアイシャドウがばっちり」

「でも、あんまり若くないわね。目尻《めじり》にシワがあったわ」

恵はドゥーシエ・シュバリエの栓を抜き、グラスに注いで二人の前に出した。二人はさっそく乾杯して、先を続けた。

「それから奥のホールに通されて、しばらくすると男性のいるテーブルに案内されるの。やっぱり二人連れで、年齢は三十代。サラリーマン風」

「びっくりだけど、女性は飲み放題食べ放題で、全部タダ。まあ、大した料理はなかったけどね」

杏奈が確認するように瑠央を見ると、瑠央も大きく頷いた。

「お店の雰囲気はどうでした？」

「まああね。ガラの悪いお客さんはいなかったし」

「でも、私達のテーブルは、あんまり盛り上がらなかったわ。相席の二人組、趣味がアニメで、全然話が合わなくて」

「あと、ほら、おまけについてくるプラモデルみたいな……それ集めるのが趣味だっていうの。私達、全然分からなくて」

恵は話を聞きながら、大皿料理を皿に取り分けた。

今日のメニューは、サツマイモのヨーグルトサラダ、エビとブロッコリーの中華風炒め、ゴボウのオイル煮、長芋《ながいも》のスモークサーモン巻き、デビルドエッグ。

サツマイモのヨーグルトサラダは、芋の甘味とヨーグルトの酸味のバランスが良く、手軽に作れて美味しいサラダだ。使う具材はサツマイモとクルミだけだったが、レシピ動画の投稿に「レーズンを入れると抜群」と書いてあったので、真似《まね》してみた。

ゴボウのオイル煮は、オリーブオイルで十五〜二十分揚げたゴボウを、出汁と醤油で煮る。揚げてあるせいか、ゴボウ単体で主菜のような存在感があって、初めて食べた人はびっくりする。

今日のデビルドエッグは、卵の黄身にアンチョビのみじん切りとマヨネーズを混ぜてみた。アンチョビの塩気とコクが、卵の旨味とよく合って、限りなく酒を呼ぶ一品だ。

「でも杏奈さん、その割には結構話を合わせてたじゃない。『名探偵コナン』の話とかして」

「あれ、唯一映画館で観たんです。彼と二人でシネコンへ行ったら、上映時間が合うのが『コナン』しかなくて。でも、意外と面白くて良かったですよ」

杏奈は、瑠央と恵を交互に見て説明した。

「それに、結婚して価値観の合わない人との会話にも慣れたし」

その言葉に、恵も瑠央も微笑んだ。

杏奈と豊は、互いの価値観がまるで合わなかった。ＡＩ（人工知能）を導入した結婚相談所で、それぞれ価値観の合う相手を紹介されたにもかかわらず、価値観の合わない二人が惹《ひ》かれ合って結婚した。それはきっと、価値観が合うのと相性は別物だからだろう。

「このデビルドエッグ、何が入ってるの?」

ひと口で頬張った瑠央が、目を丸くした。

「アンチョビのみじん切りとマヨネーズ」

「アンチョビ、恐るべしだわ」

瑠央は感心した顔で呟《つぶや》いた。

「一度、トーストにバターとアンチョビフィレを載せて、ワインのつまみに食べてみて下さい」

恵は嬉しくなって瑠央に言った。

「お客さまに教えていただいたんです。目黒《めぐろ》にあった『メッシタ』という女性シェフのお店で食べたんですって。トスカーナ地方では定番の居酒屋メニューらしいです。そのお店も、最初はメニューに入れるかどうか悩んだそうです。簡単すぎて料理とは言えないから。でも、結局美味しいから入れることにしたんですって」

瑠央も杏奈も、真剣な顔で頷いた。

「今度、家でやってみるわ」

「私も。バターとアンチョビなら、赤ワインも合うかも」

杏奈も瑠央も、前の店でそれなりに食べてきたはずなので、恵は訊いてみた。

「今日は、お腹《なか》の方は如何《どう》ですか？」

「そうねえ。小腹くらいかしら」

「私も」

瑠央は恵に向かって片手を上げた。

「というわけで、今日はお勧めはパスしておでんにするわ」

「はい、かしこまりました」

笑顔で答えた瞬間、瑠央と杏奈からほのかに漂ってくる何かに気が付いた。気配のようなものだ。それが、記憶の底にわずかに引っかかった。

「あのう、そのお店、占いは入店のときだけですか？」

瑠央と杏奈は顔を見合わせた。

「確か、どこかのテーブルでタロットをやってたわね」

「リクエストすれば、テーブルに来てくれるんじゃなかったかしら」

「ああ、そうだったかもしれない」

そして瑠央はダメ押しのように付け加えた。

「私達は、恵さん以外の人に占ってもらう気はさらさらないけど」

「それはありがとうございます」

軽く頭を下げながら、恵は記憶を手繰《たぐ》り寄せようとしていた。

この妙に引っかかる気配は何だろう。タロット？　それとも？

二皿目

カルパッチョの二度目の春

「こんにちは」

日めくりカレンダーが十二月に変わった最初の土曜日、一番乗りで店に現れたのは播戸《ばんど》慶喜《よしのぶ》と由子《ゆうこ》の新婚カップルだった。

二人ともスポーティーな革のジャケットにカウボーイが履《は》くようなブーツという、勇ましい服装をしているので、恵《めぐみ》は目を見張った。

「いらっしゃいませ。お二人とも、今日はずいぶんとかっこいいファッションですね」

二人はカウンターの席に座ると、嬉《うれ》しそうに頰《ほお》を緩《ゆる》めた。

「ツーリングに行ってきたんです」

「帰ってきたばっかり。バイク置いて、直行したの」

以前、二人ともツーリングが趣味だと聞いたことがある。

恵は二人におしぼりを差し出した。

「それはそれは、お疲れさま。お寒くありませんでした？」

「いや、まだ十二月の初めだからね。空気も澄《す》んでるし湿気も少ないし、ツーリング日和《びより》だよ」

「だから、お腹空《なかす》いちゃって」

由子が腹に手を当てた。

「昼は彼女が作ってくれたBLT（ベーコン・レタス・トマト）サンドで、結構腹いっぱいになったんだけど、走ってるうちに消化したみたいで」

播戸は愛《いと》しげに由子の横顔を見た。かつて婚活で辛《つら》い経験をしたことで、婚活を敬遠していたものの、めぐみ食堂を訪れ、恵に叱咤激励《しったげきれい》されて再び婚活に挑《いど》み、紆《う》余曲折《よきよくせつ》を経て由子という伴侶《はんりよ》を得た。

その経緯《いきさつ》をつぶさに見てきた恵は、二人の幸せそうな姿に、胸がいっぱいになった。

「お飲み物は如何《どう》しましょう？」

「僕はハイボール」

「私、レモンサワー」

播戸は四谷《よつや》の浄治《じようち》大学で社会経済学を講じる教授、由子は介護の仕事をしていたが、結婚を機に退職した。

「今日も美味《おい》しそうな料理が並んでるわね」

由子がカウンターの上の大皿料理を眺《なが》めて言った。由子自身も料理好きなので、店で食べて気に入った料理は、家で作ってくれるのだと、播戸は前に言っていた。

今日の大皿料理は、桜エビ入り卯の花《うのはな》、芽キャベツのソテー、長芋《ながいも》のスモークサーモン巻き、ホウレン草とハムのキッシュ、サツマイモのレモン煮の五品。

卯の花をひと口食べた由子は、驚いたように恵を見上げた。

「この卯の花、美味しいですね。初めて食べる味だわ」

「桜エビを焦《こ》げる寸前まで揚げ炒《いた》めにするのがミソなんですよ」

簡単にレシピを説明すると、由子はすぐに理解した。

「作り置き出来るんなら、来週のパーティーに出そうかしら」

「そうだね。若い連中はこういうの食べたことがないだろうから、きっと喜ぶよ」

播戸は由子に答えてから、恵に言った。

「来週、ゼミの学生を呼んで、餃子《ぎょうざ》パーティーをやることになってるんだ」

「まあ、それはそれは。由子さん、大活躍ですね」

由子は以前、「結婚したら大好きな餃子を作って、お友達をいっぱい呼んで、わいわい言って食べたいです」と話していた。

「そうなんだ。先月も学生たちを呼んだとき、ご馳走《ちそう》を作ってくれたんだよ。僕は最近の学生は、教授の自宅に行くなんて、窮屈《きゅうくつ》で嫌なのかと思ってたんだけど、案外そうでもないんだね。特に地方から来てる一人暮らしの学生は、オンライン授業であまり友達に会えなかったのが堪《こた》えたらしくて、すごく喜んでたよ」

　播戸が自慢するように由子を眺めると、由子は少し面映《おもは》ゆそうに見返した。

「毎回餃子メインで、ちょっとマンネリかもしれないけど」

「そんなことないよ。餃子の嫌いな日本人はいないから。特に学生はみんな好きだよ」

　むきになって答える播戸が、恵はなんとも微笑《ほほえ》ましかった。縁あって結ばれた二人は、わずかの間に円満な夫婦関係を築いた。その根底にあるのは愛情と信頼だ。その二つがあれば、これから何があっても大丈夫だと、恵は確信している。

「あん肝《きも》も、自家製なんですか？」

　壁のホワイトボードに書かれたお勧め料理のメニューを見て、由子が驚きの声を上げた。

「やってみると意外と簡単なんですよ。血管と薄皮を取って、洗って蒸すだけですから」

　由子は肩をすくめて首を振った。

「やめとく。私、居酒屋さんで出てくるあん肝しか見たことないし」

「興味があったら、今はネットで動画が観《み》られますよ。私はたまたまテレビの料理番組で観て、挑戦してみたんです」

「そのうち、挑戦しようかなあ」

由子は思案顔で、もう一度壁のホワイトボードのメニューを見上げた。

今日のお勧め料理は、自家製あん肝の他に、平目《ひらめ》（刺身またはカルパッチョ）、自家製しめ鯖《さば》、牡蠣《かき》のカレー煮。季節のおでんとして、セリとイイダコが載っていた。

「あん肝は外《はず》せないね。それと、牡蠣のカレー煮も食べたいな」

「私も。セリとイイダコも、あとでいただきましょう」

「うん。僕はきりたんぽで一番楽しみなのは、実はセリなんだ」

播戸は楽しそうに説明した。

「秋田へ行ったとき、きりたんぽ鍋《なべ》を食べたんだけど、鍋に入っているセリが根っこ付きだったんだよ」

「あら、セリの根っこが食べられるの？」

「秋田のセリは大丈夫。スーパーで売ってるセリより細身で、根っこも軟らかかった。それにすごく良い香りで、葉っぱより根っこの方が香りが強いんだ」

「そういえば、パクチーも根っこの方が香りが強いわ」

「基本的に葉っぱがハーブで、根っこがスパイスなんです。だから香味野菜は、根っこの方が香りが強いんだと思います」

恵が説明を付け加えると、由子も播戸も「なるほど」と頷《うなず》いた。

「それと播戸さん、その秋田のきりたんぽなら、四谷でも食べられますよ」

「えっ、ほんと？」

「はい。うちのはす向かいにある『太平山《たいへいざん》』って秋田料理の居酒屋さん、きりたんぽのセリは根っこ付きですから」

播戸は明らかに「しまった」という顔をした。

「灯台下暗《とうだいもとくら》しだったなあ」

恵はにっこり笑いかけた。

「今度、お二人でいらして下さい。秋田の料理や食材が色々楽しめますよ」

そして、顔の横でOKサインを作った。

「うちのセリも根っこ付きを仕入れましたから、どうぞご安心を」

「なあんだ」

由子はポンと夫の肩を叩《たた》いた。

「あわて者」

「面目《めんぼく》ない」

三人が小さな笑い声を立てたとき、入り口の引き戸が開いて、新しいお客さんが入ってきた。

「いらっしゃ……まあ」

先月初めて来店した、鷲見毅《すみたけし》という青年だった。今日は連れがいる。五十代半ばに見える男性で、顔立ちが似ているから、もしかしたら毅の父親かもしれない。

「あ、父です」

毅は席に座ると父親を紹介した。

「ようこそいらっしゃいませ。先日、息子さんに初めてご来店いただきました。今日はお父様もご一緒に、ありがとうございます」

恵が親子に丁寧《ていねい》に頭を下げると、父親はきちんと頭を下げ、名刺を差し出した。

「どうも。毅の父です」

「鷲見会計事務所　公認会計士／税理士　鷲見敦」とあった。

「ご丁寧に、畏《おそ》れ入ります」

恵も店の名刺を差し出すと、二人におしぼりを手渡した。

「お飲み物は何になさいますか？」

鷲見は少し考えてから、生ビールの小を注文した。毅も「同じで」と告げた。

毅はカウンターの大皿料理を指さして、父に説明している。

「二品で三百円、五品で五百円なんだって」

「それは良心的だな」

毅は父の意を汲《く》んだように「五品下さい」と言った。

鷲見は息子と違って色黒だったが、品の良い顔立ちで知的な雰囲気があった。公認会計士と税理士の二つの資格を持っているのだから、事実頭が良いのだろう。

お通しをひと通りつまむと、満足したように目を細めた。

「美味《うま》いな。お前が勧めるから、学生相手のデカ盛りが売りの店だと思っていたが、全然違う」

「だよね。前来たときは、お通しとおでんしか食べなかったから、今日はお勧め料理も……」

毅が壁のホワイトボードを見上げると、鷲見もつられたように目を上げた。

「あん肝としめ鯖が自家製なのか。すごいな」

「僕、平日のカルパッチョと牡蠣のカレー煮」

毅は、残り少なくなったグラスを指さして訊《き》いた。

「ママさん、お酒、何がいいですか？」

「カレー煮とあん肝を召し上がるなら、凱陣《がいじん》の純米酒は如何《いかが》ですか？　少量生産なので、あまり出回っていない珍しいお酒なんです。スパイスの利《き》いた料理や濃厚な味の料理を引き立てるので、合うと思いますが」

播戸と由子のカップルは、すでにあん肝とカレー煮を食しつつ、凱陣のグラスを傾けている。二人のトロンとした目を見れば、酒と料理の相性がピッタリなのは間違いない。

「じゃあ、それを下さい。ええと、量はどうするかな」

鷲見も恵に尋ねた。

「一合でよろしいかと。骨格のしっかりした、味の強いお酒なので、おでんと合わせると料理が負けてしまうかもしれません」

すると、毅が声を弾《はず》ませた。

「おでんは喜久酔《きくよい》だよね？」

「はい。よく覚えていらっしゃいますね」

毅は得意そうな顔で父を見た。鷲見は苦笑しながら頷いた。二人は仲の良い親子らしい。

男の兄弟のいない恵は、父と息子の感覚が分からない。実感として知っているのは、あまり良好ではなかった母親との関係だけだ。父親は家庭での存在感が希薄《きはく》で、そのせいか恵の記憶にも薄くしか残っていない。ほとんど成り行きで結婚した夫は、恵のアシスタントと不倫《ふりん》した上、事故死してしまった。災難だけを置き土産《みやげ》にして。

つまり、恵は親子の縁や夫婦の縁に恵まれなかった。そのせいだろうか、仲の良い夫婦や親子を見ると、ほんのり心が温まる。自分は恵まれなかったけれど、夫婦愛や親子愛はこの世に確実に存在する。それなら世の中は捨てたものじゃないと思えるのだ。

「うま……」

あん肝を口に入れた毅が、溜息《ためいき》と一緒に声を漏《も》らした。

「……とろける。〇〇のあん肝と全然違う」

有名な居酒屋チェーンの名を挙げた。そこは決して不味《まず》くない。コストパフォーマンスは抜群だ。しかし、店の規模を考えれば、あん肝を手作りしてはいられない。

隣では鷲見が言葉もなく、ひたすらあん肝を口に運んでは凱陣のグラスを傾けている。あん肝の器《うつわ》はすぐに空《から》になった。

「お父さん、お代わり、いい？」

「ああ。ただ、俺《おれ》はこれでやめとくよ。他の料理が食べられなくなる」

鷲見は平目のカルパッチョに箸《はし》を伸ばしながら答えた。

「これは、変わってるね。柚子《ゆず》？」

「はい。オリーブオイルと柚子の搾《しぼ》り汁、山椒《さんしょう》、それに薄口醤油《うすくちしょうゆ》で作ったソースをかけてあります」

柚子の皮の擂《す》り下ろしも混ぜてあるので、さらに香りが高い。そこに山椒のピリ辛風味の醤油味で、ひと味違うカルパッチョになっている。

「いやあ、酒に合うなあ」

鷲見は感嘆したように頭《かぶり》を振った。

由子が鷲見のカルパッチョの皿をちらりと見て、播戸にささやいた。

「金曜日に、カルパッチョも出そうかしら。これならソースを作ってお刺身にかけるだけだし」

「そりゃいい。きっとみんな、大喜びだよ」

鷲見親子の前に牡蠣のカレー煮を出すと、播戸が恵に声をかけた。

「すみません。おでん下さい」

「はい。何にいたしましょう」

「まずは季節のセリとイイダコ」

「はい。かしこまりました」

イイダコはおでん鍋から取り分けて出した。セリは小鍋におでんの汁を入れてガス台の火をつけ、煮立ってきたらさっと煮る。シャキシャキの歯触《はざわ》りが美味しいので、煮すぎは禁物だ。

「これだよ、これ」

播戸は根っこ付きのセリを見て目じりを下げた。

「ホント。根っこの香りが素晴らしいわ」

由子はセリを噛《か》んで、鼻に抜ける香りに目を細めた。酒はすでに喜久酔に替えてある。出汁《だし》の味が酒を引き立て、酒の味で出汁がいよいよ旨《うま》くなる黄金コンビだ。

「大根とコンニャク、昆布《こんぶ》。それと牛スジ、葱鮪《ねぎま》、つみれ下さい」

播戸が次のおでんを注文した。

それを聞いて、毅が父に「この店の一番人気は、牛スジと……」と、前回来店したときの情報を耳打ちした。

お勧め料理を食べ終わり、鷲見親子もおでんと喜久酔を注文したところで、毅が突然恵に言った。

「ママさん、昔、人気占い師だったんでしょ」

「よくご存じですね。もう十五年近く前のことなのに」

「ネットで調べたんだ」

今はインターネットで検索すれば、たいていの情報は手に入る。ネット上には、マスコミに引っ張りだこだった頃の恵の映像も残っているから、知られても仕方ないと割り切っている。

「この店、テレビにも出たんだよね。ここ、婚活パワースポットなんでしょ」

「それは盛りすぎ。お客さま同士で結婚なさった方が何組かいらしたのは事実だけど、それはたまたまご縁があったから。うちに来られたから結婚したわけじゃないと思いますよ」

「沢口《さわぐち》さんは言ってました。ママさんは、人と人とのご縁が見えるんだって。決して押しつけがましくはないけど、その人が進むべき方向を教えてくれるって。だから、お願いします。父の再婚相手を見つけて下さい」

恵も驚いたが、鷲見はそれ以上に狼狽《うろた》えた。

「た、毅、いきなり何を言うんだ」

「いきなりじゃないよ。本当はもっと前に言いたかった。僕のせいで、お父さんは再婚できなかったから」

毅は真剣なまなざしで恵を見た。

「小学校五年のとき、母が癌《がん》で亡くなりました。若かったんで進行が早くて、見つかったときはステージ4でした。入院してから亡くなるまで、たった四ヶ月でした」

鷲見は一度口を開きかけたが、思いとどまった。もしかしたら、亡くなった妻に関して、息子と真剣に話をするのは初めてなのかもしれない。

「翌年、父に再婚の話がありました。でも、僕が反対してダメになりました。あのときの僕は、亡くなった母が可哀想《かわいそう》で、再婚なんて許せないと思ったんです」

毅の口調は真摯《しんし》で、気持ちがこもっていて、胸に染《し》みた。恵も、鷲見も、播戸夫婦も黙って耳を傾けた。

「でも、それは間違いでした。再婚することは、亡くなった母を忘れることとは違う。今を生きる誰かを思う気持ちと、亡くなった誰かを偲《しの》ぶ気持ちは、同じ心の中にある。ただ、場所が違うだけだって。大学に入って、やっと分かりました。でも、そのときは父の方が、再婚する気をなくしていました」

昨年の夏、鷲見は毎年受けている人間ドックで大腸癌が発見された。ごく初期で転移もなかったので、内視鏡手術で切除して、入院の必要もなく、無事に治療が終わった。

しかし、そのとき毅は、厳然たる事実を目の前に突きつけられて、愕然《がくぜん》とした。父はいつか死ぬ。自分はいずれ伴侶を得るかもしれないが、そのとき父は一人になってしまう。それなら、こんな孤独な生活を続けさせたくはない。ふさわしい伴侶を得て、幸せな家庭生活を送ってほしい……。

「ママさん、力を貸して下さい。父はまだ五十三歳です。順調にいけば、あと三十年は生きられます。三十年は長いです。だから一人で生きるより、誰かと二人で幸せに生きてほしいんです。どうしたら父の再婚相手を見つけられますか?」

恵は、毅の言葉にすっかり心を打たれていた。父の幸せを願う気持ちに、嘘偽《うそいつわ》りは微塵《みじん》もない。

恵が返事をする前に、播戸が声を上げた。

「恵さん、お二人の力になってあげて下さい」

鷲見親子は驚いて、播戸の方を振り向いた。

「失礼しました。私は浄治大学で教えている、播戸という者です」

「播戸さんは、浄治大の教授なんですよ」

一礼した播戸のために、恵は言葉を添えた。

「私はかつて婚活に失敗して、結婚を諦《あきら》めていました。ところがこの店で恵さんに出会って励まされて、もう一度婚活に挑みました。そして家内と結婚することが出来ました」

播戸が振り返ると、由子も鷲見親子に小さく頭を下げた。

「恵さんに背中を押してもらわなかったら、私は今でも失敗した婚活の苦い思い出を呪《のろ》いながら、寂しい生活を送っていたと思います。そして、人生の最後が近づいてきたら、きっと自分の生き方を後悔したでしょう。一歩踏み出す勇気をもらえて、恵さんには感謝しかありません」

毅は身を乗り出すようにして尋ねた。

「先生は、結婚してお幸せなんですね？」

「はい。とても」

播戸は照れずにきっぱりと答えた。

毅は鷲見の方に向き直り、確信に満ちた口調で言った。

「お父さん、真剣に再婚を考えよう。絶対に幸せになれるから」

「しかしなあ……」

鷲見は困惑気味に言葉を濁《にご》した。

恵はその様子を見て、鷲見は再婚そのものを忌避《きひ》しているのではなく、長いやもめ暮らしを経て五十半ばになってしまった境遇から、今更《いまさら》婚活をするのは面倒臭《めんどうくさ》い、あるいは恥ずかしいと思っているのだと判断した。

毅の言動から想像するに、鷲見と亡き妻の夫婦仲は円満だったらしい。つまり、幸せな結婚生活を送った経験がある。そういう人は結婚に対する嫌悪感がないので、再婚へのハードルは低い。しかるべき相手さえ現れれば、結婚を選択するだろう。

これは、店の常連だった旧姓千々石茅子《ちぢわかやこ》が教えてくれたことだが、恵もまったく同感だった。

毅の言う通り、これからの三十年を一人で生きるより、二人で生きた方が、鷲見は幸せになれるに違いない。何よりこれから先は、老いに向かって進まねばならないのだから。

「鷲見さん、お父さん思いの、良い息子さんをお持ちですね」

「いや、お恥ずかしい」

鷲見は照れ臭そうに首を振った。

「突然再婚を勧められても、お気持ちがついてゆきませんよね」

「なにしろ、考えたこともなかったもので」

鷲見はまたしても照れ臭そうに答えた。

「でもこれで、息子さんがお父さんの再婚を望んでいらっしゃることがはっきりしました。もう少しお気持ちが落ち着いたら、再婚について、ゆっくりお考えになっては如何でしょう」

鷲見は、毅と恵の顔を交互に見た。

「家でこんな話をしたことがないもので、正直、戸惑《とまど》っています。父親と息子なんて、どこの家でもそうだと思いますが、面と向かって真面目《まじめ》な話はしませんから」

恵は励ますように優しく微笑んだ。

「だから息子さんは、このお店を選んだんですね。お父さんと二人きりではなく、赤の他人の目のある場所を」

鷲見は力なくうなだれた。

「まさか、毅がこんな風に私のことを心配していたとは思いもしませんでした。でも、正直嬉しかったです」

鷲見はちらりと毅を見て、小さく頷いた。

「もし、私で何かお役に立てることがあったら、遠慮なく仰《おつしや》って下さいね。相談料はいただいてませんから、ご安心を」

そして、さり気なく付け加えた。

「ご親戚《しんせき》やお友達に、それとなくご相談なさるのもよろしいかと思いますよ。再婚を考えているので、ふさわしい女性がいたら紹介してほしいと……」

「はあ。考えてみます」

鷲見は素直に頷いた。最初の驚きがおさまると、毅の提案がずしんと心に響いたようだ。

「大丈夫。息子さんが味方なんですから、きっとうまくいきますよ」

恵はそう言いながら、目を凝《こ》らして鷲見を見た。残念ながら、まだご縁の前兆となる光は見えない。しかし、本人に再婚を求める気持ちが出てくれば、必ず光は灯《とも》るだろう。

恵は心の中で、鷲見親子の幸せを願った。

その夜は、十時半までに客席は二回転した。近頃珍しい盛況ぶりだ。そして十時半を過ぎると次々とお客さんは席を立ち、十一時十五分前には誰もいなくなった。切りがいいので看板にしようと、恵は店の外に出て立て看板の電源を切り、暖簾《のれん》を外した。

人の気配を感じ、振り返ると真行寺巧《しんぎようじたくみ》がこちらに歩いてきた。

「看板か？」

「貸し切り。どうぞ」

恵は真行寺を招き入れると、「営業中」の札《ふだ》を「準備中」に裏返した。

「今日は土曜にしては珍しく、大盛況だったの。最近、お客さまの引きが早いので、ありがたいわ」

真行寺はカウンターの真ん中の席に腰を下ろした。好みは知っているので、恵は注文も訊かずに瓶《びん》ビールを出した。恵も自分用のグラスに喜久酔を注《つ》いだ。

「お勧め、平目だけ残ってるの。カルパッチョで召し上がらない？」

真行寺は黙って頷いた。

恵は残った平目の刺身を二枚の皿に並べ、柚子のソースをかけた。これを食べながら喜久酔を呑《の》む楽しみを、店主としても味わってみたい。

「はす向かいに新しく出来た店、何だ?」

「『占い居酒屋　ゑんむすび』でしょ。お客さまに訊いたら、相席ラウンジで、タロット占いでお客さまの席を決めるんですって」

「胡散《うさん》臭いな」

サングラスの縁《ふち》から、ひそめた眉《まゆ》の端《はし》が覗《のぞ》いた。夜でも色の濃いサングラスをしているのは、右の瞼《まぶた》のケロイドを隠すためだ。子供の頃、母親が家に火をつけて一家心中《しんじゅう》を図《はか》り、真行寺は一人だけ助かったが、火傷《やけど》の痕《あと》が残った。

「この時間でも、店の外まで人が並んでいた。わざわざ赤の他人と相席するために、寒空に行列する奴《やつ》の気が知れん」

恵は、「それを言っちゃあお終《しま》いよ」と思いながらも、つい笑ってしまった。確かに、わざわざ赤の他人と相席したくない。店でお客さんに気を遣《つか》っているのに、プライベートでまで他人に気を遣うのは億劫《おっくう》だ。

「ただね、女性は飲み放題食べ放題で無料《タダ》なんですって。それで集まるんじゃないかしら」

「タダほど高いものはない……それはおくとしても、どうせ美味いもんはないんだろう。食うだけ無駄《むだ》だ」

真行寺はカルパッチョをひと箸食べて、わずかに口元を緩めた。気に入った証拠だ。恵はちょっと嬉しくなって自分も箸を伸ばした。

「今日ね、すごく感動的な体験をしたわ」

鷲見親子のことを話すと、真行寺はサングラスの縁から大きくはみ出すほど眉を吊《つ》り上げた。馬鹿にしているのだ。口がへの字になっている。

「良い話だと思わない？」

「全然」

「ひねくれ者」

「いい大人が学生の息子に後妻の心配されるなんざ、情けないったらないな。親父《おやじ》は五十三なんだろう。ボケ老人ならいざ知らず……」

「その言葉、多分今は禁句」

「住みにくい世の中になったもんだ。『忠臣蔵《ちゅうしんぐら》』で定番の『片手落ちのお裁《さば》き』が使えないときた」

恵は、鍋に残ったおでんを皿に取り分けた。真行寺は、味の染みた大根とコンニャクが一番の好物なのだ。

「でもあのお父さん、息子さんに勧められなかったら、一生再婚なんて考えなかったわよ。最初の再婚話にダメ出しされたのが、トラウマになってたのね、きっと」

真行寺は無言でグラスにビールを注ぎ足し、大根を箸で割って口に運んだ。たちまち頬がほころんだ。

真行寺は、「丸真《まるしん》トラスト」という不動産賃貸会社のオーナー社長で、主に新宿《しんじゆく》と銀座《ぎんざ》に商業ビルをいくつも所有している。

恵が真行寺と知り合ったのは、恵がまだ女子大生の頃だった。その頃、恵は尾《お》局《つぼね》與《あたえ》という有名な占い師の弟子《でし》だった。恵に、天から与えられた不思議な力があることを見抜いた與が、アルバイトから弟子に採用してくれたのだ。そして、真行寺に頼んで、新人占い師として華々しくデビューさせてくれた。

一方の真行寺は、一家心中に巻き込まれて死に瀕《ひん》したところを與に救われた。それ以後も與の庇護《ひご》を受け、大学に進学し、事業経営に乗り出す資金も援助してもらった。與なくして今の真行寺はなかったと言ってよい。真行寺は與の恩を忘れたことは一瞬もない。

與は亡くなるとき、真行寺に「玉坂《たまさか》恵の力になって欲しい」と遺言《ゆいごん》した。それ以来真行寺は、陰になり日向《ひなた》になり、恵に援助の手を差し伸べてくれた。占い師を廃業しておでん屋の女将《おかみ》として再出発できたのも、もらい火で店が全焼した後に現在のテナントに入居できたのも、すべて真行寺のお陰だった。

恵にとって、與と真行寺はかけがえのない恩人だった。だから真行寺には幸せになってもらいたいと願っているのだが、本人は自分の不幸な体験から、結婚や家族を敬遠し続けている。成功した実業家だというのに、妻も恋人も愛人も隠し子もいない。

もっとも、恵だって他人のことを言えた身の上ではないが。

「ところで、今月なんだが……」

おでんを平《たい》らげた真行寺は、少し言いにくそうに口を開いたので、恵が話を引き取る。

「再来週、幕張《まくはり》メッセでユーチューブ動画のイベントがあるんですって。子供達が行きたいって言うから、行ってくるわ。コスプレ大会や戦隊ショーもあって、すごく賑《にぎ》やかみたい」

「そうか。頼む」

真行寺は珍しく殊勝《しゅしょう》な顔になった。

真行寺は、ある事件をきっかけに、孤児になった江川大輝《えがわだいき》という少年の後見人《こうけんにん》をしている。自身も生活していた「愛正園《あいせいえん》」という児童養護施設に預け、何かと援助もしているのだが、真行寺は子供が苦手だった。子供と縁のない生活をしてきたのだから仕方ないが、大輝を前にして困り果てたらしい。

恵は真行寺に、月一回自分が大輝と面会する代わりに、どこかへ遊びに連れて行ってくれないかと頼まれた。もちろん、二つ返事で承知した。受けた恩の大きさを思えば、お安い御用だった。

ついでに、大輝が施設で仲良くしている子供達も、一緒に遊びに連れて行くことにしていた。今では、恵は子供達から「メグちゃん」と呼ばれて慕《した》われている。子供のいない恵には、子供と触れ合う貴重な機会だった。

「来週、牛タンを届ける」

「待ってました！」

月に一度、子供達を遊びに連れ出すと、真行寺はお返しに高級黒毛和牛の牛タンを差し入れてくれる。恵はその牛タンをおでんの具にして、店でお客さんに提供している。仕入れ値ゼロなので、高いお代はいただかない。常連さんは牛タン目当てに予約して来てくれる。これも今やめぐみ食堂の名物の一つになった。

おでんを食べ終わると、真行寺は席を立った。

「ありがとうございました。どうぞお気をつけて」

「おやすみ」

いつものようにカウンターに一万円札を数枚置いて、後も見ずに店を出て行った。

恵はその背中を見送りながら、真行寺にも毅のような息子がいればよかったのに、と思わずにはいられなかった。

恵の願いは、思っていた以上に早く実現した。

週明けの月曜日、十時を過ぎた頃、鷲見敦《あつし》が一人で店に現れたのだ。

「まあ、いらっしゃいませ」

「どうも」

鷲見はやや恥ずかしそうに笑顔を見せ、カウンターの席に座った。入れ替わるように三人連れで来ていたお客さんが席を立ち、お客さんは三人になった。他の二人もお勘定《かんじょう》の頃合いで、間もなく店は鷲見の貸し切り状態になりそうだ。

鷲見は生ビールの小を注文し、当たり障《さわ》りのない世間話に相槌《あいづち》を打ちながら、ゆっくりと呑んだ。

そして先客が店を出てゆき、恵と二人きりになると、改まった口調で切り出した。

「ママさん、私は再婚を考えることにしました」

「息子さんのお気持ちが届いたんですね」

「それもありますが……」

鷲見は寂しげに目を伏せた。

「お店にいらした播戸先生ご夫妻を見て、感じるものがありました。はたで見ていても、お二人が心から信頼し合い、いたわり合っているのが伝わってきました。遠い昔、私と亡くなった家内にもあんな日々があった。それを思い出すと、なんとも寂しくて、人恋しい気持ちになりました」

短い言葉の中に、鷲見の心境が余すところなく表れていた。聞いていて、恵はつい涙ぐみそうになってしまった。

「でも、良かった。よく決心なさいましたね」

「この歳《とし》で、恥ずかしいですが」

「何を仰るんですか。これから人生の第二ステージが始まるんですよ。良き伴侶と手を携《たずさ》えて、花道を歩くんです」

いささか大げさな物言いではあったが、鷲見は明らかに勇気づけられたようだ。

「そうですね。私がしっかりした気持ちを持たないと、相手の方にも失礼ですよね」

「その通りです。はい、これはお店から」

　恵は鍋に残った牛スジとタコを皿に取り、鷲見の前に置いた。お勧め料理はすべて売り切れで、おでんしかない。

　鷲見はあわてて顔の前で片手を振った。

「いや、とんでもない。私の方こそ、お世話になっているのに」

　そして、遠慮がちに尋ねた。

「ところで、具体的にはどんな行動をとればいいんでしょうか」

「ご親戚やお友達に頼んでみるのは？」

「いや、知り合いに頼むのは、どうも。断りにくいし、そもそもそんな頼みごとの出来る親戚や友達はいないんです」

　それもそうかもしれない。近年、人付き合いは希薄になっている。

「私が結婚を考えている方にお勧めするのは、結婚相談所なんです」

　恵の答えに、鷲見はほんの少し眉をひそめた。おそらく鷲見の年代は恋愛結婚花盛りで、結婚相談所を利用する人は希少だったのだろう。

「お気持ちは分かります。でも、鷺見さんが結婚なさった頃とは、事情が変わってしまったんです」

見合いや社内恋愛など、男女を自動的に結婚に導く社会的なシステムが廃《すた》れた結果、日本が皆婚社会から非婚社会に突入しつつあることを、恵は丁寧に説明した。

聞き終わると、鷺見はすっかり意気消沈《いきしょうちん》していた。

「それは、大変ですねえ。そんなことになっているとは知りませんでした。私と家内は学生結婚だったんで、特に苦労した経験がないんです」

「そこで登場するのが、結婚相談所とマッチングアプリです」

恵はまずマッチングアプリについて説明した。簡便だが、サポートなしで、すべて自分でセッティングしないといけない。

「これは、どちらかと言えば若い方向きかもしれません。スマートフォンの操作に慣れていない人は利用しにくいですから」

鷺見はいくらか元気を取り戻し、恵の説明に熱心に耳を傾けた。

「結婚相談所ですが、私がお勧めするのは、ＡＩを導入している相談所、すなわちＡＩ婚活です」

「ＡＩですか？」

「はい。従来の結婚相談所に比べて、三割近く成婚率が高いというデータもあります。地方自治体の結婚サポート事業でも、ＡＩ婚活を導入している所が複数あります」

ＡＩ婚活とは、入会者に細かな質問を重ね、人生で何を大切にしているか、どういう場面でどんな選択をするか等、本人の「価値観」をＡＩによって細かく分析してゆく。その結果をもとに、価値観の合う相手を紹介するというシステムだ。

「従来の結婚相談所だと、本人のプロフィール、つまり経歴、年収、趣味、相手への条件とか、せいぜいそのくらいしか情報がありません。だから条件面では納得しても、対面で話してみたら好みに合わなかった、ということも起こりがちです。その点、ＡＩ婚活では当人の価値観診断を経てマッチングするので、会ってがっかりする例が少ないそうです」

「なるほど」

「もちろん、価値観が合うのと相性が良いのとは違いますから、確実ではありません。ただ、成婚率が高いのも事実なので、どうせ選ぶならＡＩ婚活を導入している結婚相談所がお勧めです」

「仰ること、よく分かります。価値観の合わない相手は紹介しないので、その分、無駄が省《はぶ》ける、というわけですね」

鷲見はＡＩ婚活に興味を惹《ひ》かれたようだ。

「はい。それと、聞いて驚いたのが『許容範囲を広げた相手』も紹介してくれる点なんです」

「……と言いますと？」

「例えば、身長百七十センチ以上が希望であっても、百六十八センチの人に会ってみたら好感を抱《いだ》いたとか、年収六百万円以上が希望だけど、五百五十万円の人に会ったらＯＫだったとか、そういうことってありますよね。だから厳密に希望条件の範囲で選ぶのではなくて、少しだけはみ出していても、許容範囲なら候補に選ぶっていうシステムなんですって」

「ＡＩって、意外と人間的ですね」

「ほんとですね」

鷲見はすっかり安心したようだった。

「私はその、ＡＩ婚活に挑戦してみますよ」

「そうですか。ご成功をお祈りします」

恵は、鷲見なら良い相手が見つかるだろうと思った。誠実な人柄で、見た目も悪くない。自分の事務所を持つ公認会計士だから、収入は安定している。親族は成人した息子一人で、家族間の軋轢《あつれき》の心配もない。

「ところで、おんぶにだっこで恐縮ですが、ママさんはどこか、AI婚活をやっている結婚相談所をご存じありませんか？」

恵は「待ってました」と叫びそうになった。

「実は、播戸先生ご夫妻も、AI婚活の結婚相談所で出会われたんですよ」

「えっ、ほんとですか？」

鷲見の声音《こわね》には、驚きと嬉しさが同居していた。

「はい。最初に播戸先生が登録していたのは、従来型の結婚相談所でした」

実績を評価されて教授に昇進し、年齢も四十を過ぎたので、そろそろ結婚してはどうかと両親に勧められたのがきっかけだった。播戸自身も、子供が欲しいという気持ちがあった。

「その相談所は、婚活パーティーを主な出会いの場にしていました。男女の参加者が一堂に会して、自己アピールをして、お互いに気に入ったら個人面談に進むわけですね。そういう場所では落ち着いて話も出来ませんし、内気な人や口ベタな人は不利です。播戸先生もそれで、いやな思いをなさったようです」

女性参加者の面談申し込みが、男性参加者の中で一番若くてイケメンな男性一人に集中してしまい、他の男性たちは完全に無視されて「壁の花」と化したこともあった。交際に発展した女性にプロポーズすると、「あなたに大事にされて自信がついたから、今度はもっとレベルの高い男性を狙《ねら》うわ」と、失礼極まりないセリフを浴びせられたことさえあった。

婚活を続けるにつれ、播戸のプライドは踏みにじられ、屈辱感《くつじょくかん》と女性への不信感だけが募《つの》った。そして、ついに播戸は婚活をやめてしまった。

ところが、めぐみ食堂を訪れたことがきっかけで、「婚活の傷は幸せな婚姻《こんいん》でしか癒《い》やせない！」と信じる恵に尻《しり》を叩かれ、もう一度婚活に挑む決心をした。

「再挑戦で入会したのが、ＡＩ婚活の結婚相談所だったんです」

「なるほど」

そこで紹介されたのが、旧姓鳴海《なるみ》由子だった。価値観の合う者同士で、最初から通じ合う部分が多かった。ちょっとした障害はあったが、播戸はそれを乗り越えて由子にプロポーズし、由子は快く受け入れた。そして……二人は幸せを摑《つか》んだ。

「だから鷲見さんもきっと、良い方と出会えると思うんです」

「私も、そう願っています」

恵はレジ台の横の抽斗《ひきだし》から、パンフレットを取り出した。常連客のIT実業家、藤原海斗《ふじわらかいと》の傘下《さんか》にあるAI婚活の結婚相談所のものだ。

「ここのオーナーは本業が別にあるので、金儲《かねもう》け主義の営業はしていません。一度検討してみて下さい」

鷲見はカバンからクリアファイルを取り出し、大切そうにパンフレットを挟《はさ》んだ。

「色々ありがとうございました。良いご報告が出来るといいんですが」

鷲見はファイルをカバンに仕舞い、笑顔を見せた。

次の日も店は早くから満席になり、十時までに二回転した。二日続けて満員御礼で、恵は嬉しい半面、少し不安になる。禍福《かふく》は糾《あざな》える縄《なわ》の如《ごと》しで、良いことの後には悪いことが起きるかもしれない。

特に流行病《はやりやまい》に襲われてからは、災難というものは突然空から降ってくるのだと骨身にしみた。防ぎようも逃《のが》れようもなく、もちろん個人の努力では如何《いかん》ともしがたい。不可抗力の塊《かたまり》だ。

この夜も、十時を過ぎるとお客さんたちは次々に腰を上げ、十時半には最後のお客さんも勘定となった。

「ありがとうございました」

今夜も少し早く閉めようとカウンターを出たところで、新しいお客さんが入ってきた。

「いいかな?」

「もちろん!」

恵は声を弾ませた。

「ちょっとお待ち下さいね」

暖簾を仕舞って貸し切りにするつもりだった。入ってきたのは常連の藤原海斗で、大得意客でもあった。何しろ一年に何度か貸し切りで「蟹面《かにめん》パーティー」を催してくれるのだ。

おまけに人当たりが良くて爽《さわ》やかで、超のつくイケメンだった。海斗を嫌いな女性はいないかもしれない。恵も海斗を目の前にすると、ほんの少し胸がときめく。

「会食の後だから、あんまり入らない。おでんをちょっとと、最後にトー飯《めし》」

ちなみに、めぐみ食堂のトー飯は、海斗のリクエストから誕生したメニューだ。

「はい。お酒はどうなさいます?」

「え〜と」

海斗は飲み物のメニューに視線を落とした。

「天青《てんせい》の特別純米？　珍しいね。これ二合」

天青は甘味と酸味のバランスの良い、きれいな味わいの酒だ。

「恵さんも、何か呑んで下さい」

「ありがとうございます」

恵も天青をお相伴《しょうばん》することにした。

海斗は忙しい身で、仕事絡《がら》みの会食の機会も多い。しかしそういう席ではあまり食事を楽しめないらしく、帰りにめぐみ食堂に立ち寄ってくれたりする。恵は貸し切りで宴会《えんかい》を開いてもらうのも嬉しいが、一人でふらりと訪れてくれるのも嬉しい。それもひとえに海斗故《ゆえ》だ。

これほど女心をときめかす海斗だが、残念なことに生身の女性にはまったく興味がない。「アヤ」と名付けたＡＩ内蔵のホログラム（立体画像）を恋人に、豪華マンションに暮らしている。

恵は胃の負担にならないように、おでん鍋から大根とハンペンを皿に取り、海斗の前に置いた。

「そうそう、近々藤原さんの結婚相談所に、新しい会員が入りますよ」

「また迷える仔羊《こひつじ》が現れたんですか？」

「そうなんです。それも、仔羊のお陰で」

恵は鷲見親子のことを手短に話した。海斗は黙って耳を傾けていたが、話が終わると小さく溜息を吐《つ》いた。

「良い息子さんでしょう」

「うん。素直に気持ちを伝えられるところが素晴らしいね。父親と息子って、素直になれないことが多いから」

「鷲見さん親子に、乾杯」

恵はグラスを目の高さに掲《かか》げた。

「それより、播戸さんご夫婦がうまくいってるのが嬉しいよ。一度婚活に失敗した人が、うちの相談所で良き伴侶を見つけたんだから」

「やっぱりAIは偉大ですね」

「うん。それに、そう遠くない将来、人間が行う複雑な判断も、AIに取って代わられるようになると思うよ」

そういう海斗は、恋人まで人間よりAIを選択した。

「ただ、私はやっぱり、男女の仲はご縁だと思うんです。いくらＡＩで完璧なマッチングをしても、ご縁がないと結ばれないいんじゃないでしょうか」

「それは否定しないよ」

「あら、よろしいんですか、あっさり認めちゃって」

「事実だからね。人間は感情の動物だ。感情はＡＩでは制御《せいぎょ》できない。一目惚《ひとめぼ》れして結婚した夫婦が、互いに価値観が合わなくて破局したりするのは、感情に溺《おぼ》れるからだ」

　海斗はグラスの天青を呑み干した。

「羨《うらや》ましいわ。私はもう、一目惚れなんて出来ないし」

　恵はデカンタを取って、海斗のグラスに天青を注いだ。

「昔、旦那《だんな》のいる若い芸者と、老舗《しにせ》の息子が恋仲になる短編を読んだことがあるんです。身分違いだってことで、結局は酸《す》いも甘いも嚙み分けたおじさんが男の方を説得して、別れさせるんですけどね。もちろん、おじさんは二人の将来を思えばこそ、損な役目を引き受けたんです。でも私、今でもあのおじさんが嫌い。余計なことすんなって言いたくなっちゃう」

　若い二人だって、結婚できるわけがない、結婚してもうまくいかないだろうということは百も承知だった。それでも、そのときの恵は、二人の気持ちのままにさせてやればいいのに、と思った。失敗したっていいではないか。人間には失敗する権利がある。同時にやり直す権利も。まして二人は若いのだから、失敗してやり直したってよかったのに、と。

「今にして思うんです。失敗しない人生なんてつまらないって」

今だからこそはっきり分かる。人は自分の望むチャレンジをして、精一杯力を尽くして頑張れば、たとえ失敗しても受け容《い》れることが出来る。諦めることが出来る。諦めとは、決してマイナスの感情ではない。無用な執着《しゅうちゃく》とプレッシャーからの解放だ。諦めれば、人は次のステージに進んでゆける。

だが、チャレンジ出来なかった者は、その執着を断ち切ることが出来ない。諦めることが出来ない。いつまでも叶《かな》わなかった夢、チャレンジしなかった過去に縛《しば》られてしまう。そして、いずれ後悔する。後悔は人の心をむしばむ病《やまい》だ。後悔すると、人は幸せになれない。

あの若い恋人たちは、その後どうなるのだろう。断ち切られた恋を若い頃の思い出と割り切って、違う人と結ばれて幸せになるのだろうか。それとも……。

「僕はその小説を読んだことはないけど、恵さんの話には説得力があるね」

海斗は恵のグラスに酒を注いだ。

「……失敗する権利か。その言葉を聞いて、勇気づけられる人が沢山いるんじゃないかな」

「私の人生なんて、失敗の連続でしたから」

海斗のグラスに酌《しゃく》をしようとしたが、デカンタはすでに空だった。

「お代わり、どうなさいます？」

「やめとく。そろそろトー飯にして」

恵がトー飯の準備にかかると、海斗がスマートフォンを取り出し、画面を見ながら言った。

「恵さん、来年だけど、一月二十日の金曜日、貸し切りは出来る？」

「はい、もちろん」

「結婚相談所のメンバーを連れてくる。慰労会《いろうかい》を兼ねた新年会」

「ありがとうございます」

「所長に蟹面の話をしたら、是非食べてみたいって言うんでね。この際だから、所員たちにもご馳走しようと思って」

蟹面は、カニの甲羅《こうら》の中に身と内子《うちこ》、外子《そとこ》を詰めて煮たおでんで、発祥《はっしょう》の地・

金沢《かなざわ》では冬の風物詩になっている。

めぐみ食堂でも、以前は冬には蟹面をレギュラーで出していたのだが、ここ数年、蟹の値段が高騰《こうとう》し、とても店で出せる料理ではなくなってしまった。他の材料と値段の差がありすぎる。予約ならばよいかとも考えたが、他のお客さんが気を悪くするかもしれないと心配になり、結局諦めた。

ちょうどその頃、海斗が初めて来店した。そして貸し切りの宴会を予約して、蟹面も注文してくれた。こうして年に一、二回だが、貸し切りの場合のみ、蟹面は復活を果たすことになったのである。

「それにしても不思議だな。どうしておでんはいくら食べても飽きないんだろう」

トー飯を食べ終わると、海斗はしみじみと言った。

「世の中には、毎日カレーやラーメンを食べる人がいるけど、僕はとても真似《まね》できない。でも、おでんなら毎日でも大丈夫な気がする」

「昆布と鰹節《かつおぶし》で出汁を取っているので、日本人には馴染《なじ》みやすいんじゃないでしょうか。うちは鶏ガラも入れてますけど」

海斗は残り少なくなったおでん鍋を眺めた。

「それに、中身も豊富だよね。季節の野菜や魚介もあるし」

「基本、おでん鍋で煮ちゃえば、全部おでんですから」

「大根から蟹面まで全部おでんっていうのがすごい」

「包容力があるんですね。だから私みたいな素人《しろうと》でもおでん屋が開けたし」

めぐみ食堂を始めた頃は、おでんダネ屋で買ってきたタネを市販の出汁で煮るだけだった。それが徐々に、本人の努力とお客さんのアドバイスで、レベルアップした。

「逆に、手間暇《てまひま》をかけようと思えば、いくらでも豪華なおでんが作れます。料亭《りょうてい》みたいな立派なおでん屋さんもありますしね」

「超高級から縁日《えんにち》の屋台《やたい》まで、か。ユニークだな」

海斗は立ち上がり、カウンターに一万円札を置いた。一人で来るときは、いつも真行寺と同じだ。

「ごちそうさま」

「ありがとうございました」

店を出てゆく海斗を、恵は頭を下げて見送った。

そして、店を閉める作業を始めた。ガスの火を止め、残り物を処理し、洗い物を済ませた。立て看板を仕舞うために外に出ると、路地の反対側で嬌声《きょうせい》が上がった。見れば「占い居酒屋　ゑんむすび」の前で、男女のグループが騒《さわ》いでいた。男女共に三人ずつで、二十代だろう。何がおかしいのか手を打って笑い、身をよじったりしている。

立て看板を店に仕舞い、シャッターを下ろそうともう一度路地に出ると、「ゑんむすび」から女が一人出てきた。コートを着てサングラスをかけているが、遠目にもあまり若くないのが分かる。恵と同年配くらいか。じゃれ合っている男女の間を縫《ぬ》うようにして路地に出て、四ツ谷《よつや》駅の方へ歩いて行った。

恵はその後ろ姿から目が離せなかった。あの女の気配をはっきりと感じた。杏奈と瑠央から漂《ただよ》った、移り香のような気配と同じものだ。自分はあの女を知っている……。

不意に、はっきりと思い出した。最後に会ったのは、恵が占い師をやめる前だから、十五年近く前になる。

恵は大学卒業後、二十三歳で〝白魔術占いレディ・ムーンライト〟として占い師デビューを果たした。尾局與の推薦《すいせん》だったので、真行寺も売り出しに協力してくれ、マスコミに大々的に取り上げられた。

その当時、原宿《はらじゅく》に真行寺が所有するファッションビルがあり、七階は占いコーナー専門だったが、のちに占い師が増えて、ビル全体が「占いの館《やかた》」と呼ばれるようになった。その中でも、売れっ子の占い師だけが七階に部屋を持てるのだが、恵は一年後には七階の住人となったのだ。

そのとき、隣の部屋にはタロット占いの女性占い師がいた。名前は〝マグノリア麗《れい》〟。

恵の夫の中江旬《なかえしゅん》は、恵のアシスタントの舞原礼文《まいはられもん》と不倫関係になり、その後、二人とも火事で事故死した。礼文は、「才能はないが、顔が可愛《かわい》いから賑やかしになる」と真行寺から勧められてアシスタントに採用したのだが、後になって、意外な事実が分かった。

「お宅のアシスタント、ちゃんとやれてる？」

礼文を採用してひと月ほどした頃、マグノリア麗に突然尋ねられた。まあまあだと答えると「良かったわ」と微笑んだ。

「実は、あの子、最初はうちへ弟子入りしたのよ。でもタロットのカードが覚えられなくてね。クビにしようとしたんだけど、どうしても占いで身を立てたいって泣くから、可哀想になって、真行寺さんに相談したのよ。そうしたら、弟子入り先を探してくれて。あなたに引き取ってもらって、良かったわ。あの子も運が強いわね」

本当なら、それだけで終わる話だった。

しかし、夫とアシスタントが不倫の果てに事故死したことで、恵は「占い師のくせに夫の不倫も見抜けないなんて」「占い師のくせに事故死が予想できないなんて」とマスコミから大バッシングを受け、テレビや雑誌の仕事をすべて失ってしまった。その上、ショックのあまり天から授《さず》かった不思議な力——目に見えないものが見える力——を失った。だから占い師は廃業せざるを得なかった。

その後、テレビや雑誌で恵の抜けた場所に、マグノリア麗が登場することが多くなった。恵は憔悴《しょうすい》しきっていたから、積極的にテレビや雑誌を見たわけではないが、自然と情報は入ってくる。

あの頃が、マグノリア麗の絶頂期だった。しかし、五年ほどで表舞台からは消えていった。その後、名前を聞くこともなくなった。

マグノリア麗が、礼文をそそのかして恵の夫と不倫させたとは、さすがに思わない。しかし、恵がどん底に落ちるきっかけを作り、その後釜《あとがま》に座ったことは事実だった。

とはいえ、そのマグノリア麗も、人生の成功者とは言いがたい。相席ラウンジで、お客さんの席を決めるためのタロット占いをしているようだ。「占いの館」にいた頃はスター占い師だったのだから、今の仕事は不本意だろう。いや、案外今の境遇に満足しているのかもしれない。恵自身、占い師をやめておでん屋の女将になったことを後悔していないし、今の生活を心から愛しているのだから。

それにしても、かつての人気占い師二人が四谷の街で再び出会うとは、どういう巡り合わせなのだろう。

もしかして、マグノリア麗はめぐみ食堂のことを知って、わざわざ四谷に店を出したのだろうか？

はす向かいの「占い居酒屋　ゑんむすび」を眺めていると、様々な思いが去来して、恵の胸はざわめくのだった。

三皿目

コスプレするハンバーグ

幕張《まくはり》メッセは日本最大級の複合コンベンション施設で、国際展示場二棟十一ホール、国際会議場、イベントホールを有する。一九八九年十月にオープンし、同月催《もよお》された東京モーターショーは過去最大の十五ヶ国が参加し、約百九十二万人の来場者があった。近年は、音楽とアニメのイベントが増加している。

JR海浜《かいひん》幕張駅に着くと、ホームは電車から降りた人で溢《あふ》れた。人波に呑《の》み込まれないように、恵《めぐみ》は子供達に声をかけた。

「みんな、はぐれないようにね」

「はい!」

大輝《だいき》、澪《みお》、凜《りん》の三人は元気よく返事をした。今日は待ちに待ったイベントなので、期待の大きさに声も弾《はず》んでいる。

恵は自分の前に澪を、後ろに凜を立たせ、それぞれの手を取った。大輝は横に立って、恵のリュックのベルトを握った。四人はひと塊《かたまり》になって、人波に押されながら改札に向かった。

幕張メッセの中央エントランスは駅から徒歩五分だが、そこへ続く道はびっしりと人の群れで埋め尽くされていた。これなら迷いようがない。

今日は幕張メッセで、「ワクワク動画」という動画配信サービス会社が、「リアルとバーチャルの垣根を越えたワクワク文化祭」というイベントを催している。子供達は、日頃親しんでいるゲームやアニメのキャラクターに会えるというので、先月からずっと楽しみにしていた。

ゲームとアニメ主体のイベントのためか、会場へ向かう人は圧倒的に若者が多かった。親子連れは少数派だ。

そして、コスプレしている若者もあちこちにいた。恵にはさっぱり分からないが、きっとゲームやアニメのキャラクターに扮《ふん》しているのだろう。それらしいコスチュームに身を包むだけでなく、ピンクやブルーや紫に髪を染めるか、かつらをかぶり、カラーコンタクトを着け、槍《やり》や剣などの小道具を携《たずさ》えている。早くもキャラクターになりきっているようだ。若者の情熱を掻《か》き立てる力が、ゲームとアニメにはあるというのがよく分かる。

——昔、幕張は潮干狩《しおひが》りの名所だったんだけどな。

コンクリートできれいに舗装《ほそう》された、人でいっぱいの道を歩きながら、恵は感慨《かんがい》を禁じ得ない。幼い頃、家族で潮干狩りに来た幕張は静かな漁村で、駅から海が見渡せ、浜辺には海の家が建ち並んでいた。

いや、感慨と言えば、それより子供達の成長ぶりだ。初めて遊びに連れて行ったとき、三人はまだ小学校入学前だった。それが今では二年生。恵くらいの歳《とし》になれば、二、三年の違いは大したことではないが、子供にとってはとてつもなく大きい。会うのは月一回だけだが、日々成長しているのが感じられる。三人とも背が伸びて、顔つきも言葉使いもしっかりしてきた。もう幼児ではなく、完全な子供だ。きっと、あっという間に中学生になり、高校生になってしまうのね。私が歳を取るわけだわ。

そんなことを考えてると、幕張メッセに到着した。

「広い……」

広場の向こうに、近未来を思わせる巨大な建物が続いていた。さすがは日本最大級のイベント会場だ。じっくり見て歩いたら、とても一日では足りないだろう。

まずは正面入り口脇の案内所でパンフレットをもらった。広げると、フロアの地図と各イベントが書き込まれていた。

ゲームスクエア、夢歌舞伎《ゆめかぶき》、声優祭、レッツ・ダンス、ボーカルフェスタ……その他、分かったような分からないようなイベント企画が並んでいる。

恵がパンフレットをにらんでいると、澪が確信に満ちた声で言った。

「とりあえずゲーム行って、歌舞伎行って、お昼から声優祭とダンスとボーカル」

「パレードは？」

「ダンスとボーカルの間くらいにしようか。あんまり早く行っても、レイヤーが揃《そろ》ってないとつまんないし」

恵には意味不明のイベントの内容を、子供達は理解できるようだ。それにしても……。

「レイヤーって何？」

一瞬、髪の毛の「レイヤーカット」のことかと思ったが、大輝はあっさり否定した。

「コスプレイヤーのこと」

つまり、あのアニメっぽいコスチュームを着て、ピンクやブルーの髪をした若者たちが「レイヤー」というわけだ。

「今日は全国からすごいレイヤーが集まってくるのよ。パレードもあるんだって」

「一緒に写真撮ってもらうんだ」

「私、『東リベ』の《マイキー》が好き！」

「僕、『ウマ娘』の《メジロマックイーン》」

「《鶴丸国永《つるまるくになが》》！」

三人それぞれ贔屓《ひいき》のキャラクターがあるらしいが、恵にはまったくチンプンカンプンだった。

ちなみに『東リベ』とは『東京卍リベンジャーズ』という人気漫画で、テレビアニメ化された。マイキーは、登場人物の一人である佐野万次郎《さのまんじろう》である。『ウマ娘』は『ウマ娘プリティーダービー』というゲームアプリで、テレビアニメ化され、馬を擬人化《ぎじんか》したキャラクターが活躍する。鶴丸国永は名刀の名前。ゲームからアニメ化、舞台化もされて世界中で人気を博している『刀剣乱舞《とうけんらんぶ》』に登場する。この作品では、古今の名刀がイケメンキャラクターとして描かれている。

これまでとは逆に、恵は三人の子供達に先導されて、広い会場を見て歩くことになった。

ゲームスクエアに足を踏み入れると、所狭しと設置されたゲーム機の液晶画面から発する電光と電子音が飛び交っていた。コントローラーの前では子供から若者まで、夢中になって操作している。二人で出来る対戦型ゲームもあった。

軽快なアニメーションから本物そっくりの重厚感溢れる画像まで、ゲームによって様々だが、どれも恵の記憶にある〝ファミコン〟とは比較にならなかった。恐《い》ろしく高度で、高速で、目まぐるしい。これを操《あやつ》るにはきっと、鋭い反射神経が要るに違いない。

恵はふと「高橋名人《たかはしめいじん》」を思い出した。恵が高校生の頃、ファミコンの名手として子供達に大人気だった人だ。コントローラーのボタンを一秒間で十六回押す〝十六連射〟は、高橋名人の代名詞だった。ファミコンでヒーローになった初めての人であり、ゲームを職業とする〝プロゲーマー〟の先駆者だった。

もしかして、生まれたときからスマートフォンのゲームに親しんでいる今の子供達はみんな、高橋名人のように十六連射が出来るのだろうか。

大輝と澪と凜の三人は、それぞれお気に入りのゲーム機の前に陣取って、コントローラーを動かしている。恵は一人後方に退《の》き、液晶の中で現れては消える画像を眺《なが》めていた。

ゲームにひと区切りつくと、子供達は恵のもとにやってきた。

「次は『夢歌舞伎』に行こうよ。これから上演だから」

凜と澪も異存なしで、大輝と同じ方向を見た。

「は～い」

恵は再び三人に先導される格好《かっこう》で、次の会場へ移動した。

すっかり頼もしくなった。この先、子供達はどんどん主体性を発揮するようになるだろう。来年あたりには恵がプランを考えなくても、子供達同士で相談して月一回の「お出かけ先」を決めるようになるかもしれない。そうなったら嬉《うれ》しい反面、少し寂しいかもしれない。必要とされなくなる日が近づくことが。

「夢歌舞伎」は大スクリーンで披露《ひろう》された。「リアルとバーチャルの競演」という謳《うた》い文句にふさわしく、本物の歌舞伎役者とバーチャルアイドルの初音《はつね》ミクが、同じ舞台の上に立ち、新作の歌舞伎を演じるのだった。実際の舞台では演出できない様々な特殊効果が画面を飾り、その幻想的な光景に観客はくぎ付けになった。

「すごい、きれい」

澪が溜息《ためいき》混じりに漏《も》らした。凜も大輝も固唾《かたず》を呑んで画面に見入っている。

伝統的な歌舞伎の衣装や舞踊に、人間ではない初音ミクが違和感なく溶け込んでいるのが、恵には一番印象的だった。

考えてみれば、今でこそ歌舞伎は伝統芸能だが、誕生した当初は前衛だったたし、演目にも当時の時事ネタを取り入れたものが多くある。バーチャルアイドルと共演することも、歌舞伎の精神からすれば、決して異端ではないのかもしれない。

舞台が終わると、会場は大きな拍手に包まれた。

「面白かった？」

「うん！」

三人は一斉《いっせい》に頷いた。子供達の興奮冷めやらぬ顔を見て、恵は思いついた。

「今度、本物の歌舞伎を観《み》に行こうか？」

「ホント？」

澪が恵の腕をぎゅっと摑《つか》んだ。

「うん。正月公演はすごく豪華らしいよ」

「行きたい！」

澪と凜がユニゾンで叫んだ。

「演目にもよるけど、一度は歌舞伎座に行きたいよね。確か、何年か前に絵本の『あらしのよるに』を上演したはずよ」

さほど乗り気に見えなかった大輝も、興味を示してきた。

「実は私も、ちゃんと歌舞伎を観たことないのよね。中学のとき、学校の『子供歌舞伎教室』で観に行ったのが、最初で最後」

学校では、お芝居を観ることはあっても、伝統芸能に触れることなどないので、いきなり歌舞伎を観せられても、違和感しかなかった。せめて多少の予備知識があれば、中学生であっても歌舞伎の舞台を楽しめただろうに。

「じゃ、そろそろお昼にしようか」

「うん！」

今度ばかりは恵が先導して、一行はレストランへと向かった。

ＪＲ海浜幕張駅周辺にはホテルや飲食店があるが、往復に時間がかかるので、昼は幕張メッセ内のレストランで食べることにした。

中央モールに沿って展示ホールが並んでいる。その6ホールの前にある「ワールドキッチンズ」という店に入った。こだわりの食材を使った本格料理から、アジア料理を中心にしたお手軽メニューまで、世界の料理が食べられるカフェテリアと書いてある。

入り口のメニューを見て料理を選ぶのだが、ランチを注文すると飲み物が半額になるのは良心的だ。

店内はセルフサービスだった。お客が木製のトレイを持ってカウンターに並び、店員に注文を告げると料理が出てきて、席に戻る前に精算する。社員食堂のようなシステムだが、その代わり早い。一分もしないうちに料理が出てくる。イベントに来ている人には、このスピードはありがたいだろう。

四人は料理を載せたトレイを手に、テーブルに着いた。恵はハヤシライス、子供達は日替わりランチを選んだ。

「いただきます！」

スプーンでハヤシのルウをすくい、口に入れた。イベント会場のレストランなのであまり期待していなかったが、黒いハヤシライスはじっくり煮込まれていてコクがあった。ご飯の上に揚げた玉ネギをトッピングしてからルウをかけるので、玉ネギの触感が良く、甘さが増す。肉はとろとろに煮込んであって、口の中でとろけそうだ。

熱意と工夫は料理人の心意気。恵はこのレストランの料理人に、心の中で侮《あなど》っていたことをそっと詫《わ》びた。

「メグちゃん、このハンバーグ、美味《おい》しいよ。食べてみる？」

隣に座った大輝が、自分の皿を指さした。

「じゃ、ハヤシライスあげるね」

恵はハンバーグの端《はし》っこをスプーンで切り取り、食べてみた。確かに肉の存在感があって、食べ応《ごた》えは十分だ。

夕食は幕張メッセの近くの寿司屋《すしや》を予約してあるので、子供達が昼に肉を選んだのは正解だった。

「ごちそうさまでした！」

食べ終わると、トレイを所定の場所に下げてレストランを出た。

次に向かった「ボーカルフェスタ」の会場は、コンサートホールになっていた。来場者は入り口の売店でサイリウム（ペンライト）を買っている。恵も子供達に買って渡した。

中に入ると、舞台の上でバーチャルアイドルが歌い、人間のダンサーがその周囲で曲に合わせて踊り、観客はサイリウムを振って熱狂していた。

バーチャルアイドルはホログラムで出来ている。先ほどの夢歌舞伎のように、画面上で合成しているのではなく、同じ舞台上で、ホログラムと人間が、寸分のずれもなく動きを合わせ、シンクロしているのは見事というほかなかった。

バーチャルアイドルが歌っているのは恵の知らない曲だったが、周囲の熱狂に押され、一緒に身体《からだ》を動かした。子供達は盛んに声援を送りながら、サイリウムを振ってリズムに乗って踊っている。これならランチの消化も早いだろう。

一時間ほどでコンサートは終了した。恵も子供達もすっかり汗ばんで会場を後にした。

「次はどこ行こうか？」

「声優祭！」

　恵は、先に歩き出した子供達の後ろをついて行った。すると、前方に人だかりが出来ている。

「レイヤーだ！」

　大輝が叫んで駆け出すと、澪も凜も人だかりの方へ走ってゆく。恵もあわてて後を追った。

　人垣の中心には「レイヤー」の集団がいた。人数は五十人くらいだろうか。恵はコスプレには詳《くわ》しくなかったが、彼らが飛び切り優秀な一団であることは自《おの》ずと分かった。

　衣装とメイクでアニメやゲームのキャラクターに扮しているグループと、ロボットのような機械と化しているグループに分かれているが、どちらも極めて精巧《せいこう》で、かつ美しかった。駅や会場で見かけた「素人《しろうと》レイヤー」とはレベルが違う。

　キャラクターに扮しているレイヤーは、男女共に顔も身体も役柄に合わせてシェイプしていた。元々美形なのだろうが、きっちりとメイクを施《ほどこ》した顔は、アニメから抜け出したような美しさで、人間臭《くさ》さがほとんどない。体型は女性はほっそりとしなやかで、男性は上腕二頭筋《じょうわんにとうきん》がくっきり盛り上がっている。

そして機械のコスプレは、大輝に訊《き》いたら『機動戦士ガンダム』に登場する「モビルスーツ」だという。あの機械の中に人間が入り、操縦して戦うそうだ。

素材が何かは分からないが、居並ぶ「モビルスーツ」はプラモデル顔負けの精巧さだった。細かい突起の一つ一つまで、形も大きさもムラがない。その手間暇《てまひま》を想像すると、溜息が出そうだった。

レイヤーたちはゆっくりと歩きながら、観客の求めに応じて足を止め、ポーズを取った。その動作はもの慣れていて、余裕が感じられた。

恵は一般の来場者の他にも、レイヤーたちを撮影している人たちがいるのに気が付いた。五、六人のグループで、ハンディカメラ、集音マイク、照明などの機材を携えている。テレビの取材かと思って目を凝《こ》らすと、知った顔が見つかった。

「笠原《かさはら》さん」

「え？」

笠原蓮《れん》は、一瞬、恵が誰か分からないようだった。

「めぐみ食堂の玉坂《たまさか》です。お久しぶり」

「ああ、こんにちは。分からなかった。着物姿しか見てないから」

「取材ですか？」

「そうなの。コスプレイヤーの特集。注目度の高い人がいて、密着してるの」

「放送はいつですか？」

「今週の金曜」

「録画して観ますね」

「ありがとう。それじゃ」

「唐津《からつ》さんによろしく」

忙しそうなので、すぐにその場を離れた。

蓮は、東陽《とうよう》テレビで『ニュース２・０』という番組を担当しているディレクターだ。めぐみ食堂を取材して、番組で取り上げたこともある。上司のチーフプロデューサー唐津旭《あさひ》と共に、お客としても何度か来店してくれた。

蓮は台本を片手に機材を持つクルーに指示を出し、女性リポーターにセリフの確認をした。唐津と一緒にいるときは目立たなかったが、チーフとして指揮を執《と》っている姿はたくましかった。

「メグちゃん、写真撮って！」

澪に呼ばれて、恵はあわてて子供達の方に戻った。

ラベンダー色の髪の美女のそばで、三人が固まって待っている。後で聞いたら、

『ウマ娘プリティーダービー』の人気キャラクター、《メジロマックイーン》だという。道理で、頭には髪の毛と同色の、ピンと立った耳がついていた。

「はい、チーズ！」

美女を囲んでピースサインをする大輝、澪、凜の笑顔に、恵はスマートフォンのカメラを向けた。


「皆様、お腹《なか》の準備はよろしいですか？」

カウンターに並んだ常連四人の目は、鍋《なべ》から皿に牛タンを移してゆく恵の手つきを目で追った。

今日は予告してあった通り、牛タンおでんの日だった。矢野亮太《やのりようた》・真帆《まほ》夫婦、新見圭介《にいみけいすけ》・浦辺佐那子《うらべさなこ》の事実婚カップルは、前週から予約して、今日は開店と同時に店に現れた。織部豊《おりべゆたか》・杏奈《あんな》夫婦、播戸慶喜《ばんどよしのぶ》・由子《ゆうこ》夫婦は明日の予約だ。

「お待たせしました」

各々《おのおの》の前に牛タンの皿を出すと、四人はスパークリングワインのグラスを置いて箸《はし》を取った。一斉にパチンと箸を割る音が鳴り、竹の箸が牛タンめがけて突進した。

いつもならお通しを最初に出すのだが、今日に限っては「いの一番に牛タンが食べたい」というお客さんの要望に沿って、後回しにした。

「軟らか……」

佐那子がうっとりと目を細めれば、真帆も溜息を漏らした。

「お出汁《だし》が、溶ける……」

亮太は箸で大きめに切ったひと切れを口に入れた。たちまち鼻の穴が膨《ふく》らんだ。

「牛タンがおでんに合うなんて、最初は驚いたよなあ」

「私も初めてハイヒールを食べたときはびっくりしたわ」

真帆の言うハイヒールとは豚足《とんそく》のことだ。豚足をおでんに入れるのは沖縄《おきなわ》が発祥《しょう》で、テビチおでんと呼ばれている。下茹《したゆ》でして余分な脂《あぶら》を落とした豚足は、ゼラチン質で軟らかく、おでんの汁ともよく合って、女性でも一本ぺろりと食べられる。

「おでんの許容範囲は無限大だな」

新見は牛タンの皿に目を落とし、感心したように言った。

「餃子《ぎょうざ》や焼売《しゅうまい》も、おでんに入れられる？」

亮太が目を上げて恵に尋ねた。

「OKだと思いますよ。確か、さつま揚げで餃子を包んだ具材があったんじゃないかしら」

「餃子巻きのことでしょう。福岡のおでんには必ず入ってるわ」

佐那子が意外な知識を披露した。

「福岡に旅行したとき、タクシーの運転手さんが教えてくれたの。その人の息子さんが東京で働いていて、東京では餃子巻きを売ってないって嘆《なげ》くんですって」

恵はおでん鍋を見直して、しみじみと感じ入った。

「きっと、各県ごとに独特のお雑煮《ぞうに》があるように、おでんも色々あるんでしょうね。その土地の名産品を全部入れて……金沢は蟹面《かにめん》だし、沖縄はテビチだし」

「そうだなあ。静岡おでんも有名になったし。あれ、串に刺した具材を黒い出汁で煮込むんだよね」

亮太が続けると、真帆も思い出しながら言った。

「そういえば、昔、友達の家で紀文《きぶん》食品の『おでん手帖《てちょう》』っていう冊子を見たことがあるの。彼女の家、何年分も保存してあってね。もう十年以上前だけど、とても印象に残ってるわ」

恵も読んだことがあるが、その中には、一流料理人の考案したおでんの載っている号が何冊もあった。いずれもレシピ付きのカラー写真で、見るからに美味しそうだった。

「それも、一月から十二月まで、月ごとに違うおでんが載ってるの。十月はキノコとか、十二月は海鮮とか……。おでんで十二ヶ月を表現できるなんて、すごいと思って」

「おでん手帖」のために十二ヶ月分のおでんを考案したのは、南麻布《みなみあざぶ》の日本料理店「分《わけ》とく山《やま》」の主人、野崎洋光《のざきひろみつ》氏である。

「やっぱりおでんって、キャパが無限ですね。一流料亭《りょうてい》から屋台《やたい》まで、何でもあり」

恵は藤原海斗《ふじわらかいと》の言葉を思い出し、重ねて口にした。

その日の営業も無事に終わろうとしていた。牛タンを予約してくれたお客さんとそれ以外のお客さんで、優《ゆう》に二回転した。

十時を過ぎると、カウンターを占めていたお客さんたちは一人、二人と帰り始めた。

十時半には最後の一人も席を立ち、早仕舞《はやじま》いしようかと思ったそのとき、入り口の引き戸が開いた。

「いらっしゃいま……」

思わず息を呑んだ。

「こんばんは」

入ってきたのは紛《まぎ》れもない、かつての同業者マグノリア麗《れい》だった。

「お久しぶり。一人だけど、いい？」

拍子抜《ひょうしぬ》けするほど屈託《くったく》のない口調だった。

「あ、どうぞ」

恵があわてておしぼりを出すと、麗はマニキュアを施した手で受け取った。

「お飲み物は？」

「そうねえ。ハイボールある？」

「はい。お待ち下さい」

恵は酒の支度《したく》にかかった。突然訪ねてこられて動揺してしまい、お通しの説明をするのを忘れてしまった。

「改めて挨拶《あいさつ》に来なくて悪かったけど、私、今、はす向かいの店にいるの。知ってた？」

「うすうすはね。前に一度、店から出てくるのを見かけたことがあるの。お客さまから女性のタロット占い師がいるって聞いてたから、もしかしてあなたかもしれないとは思ったけど」

麗は乾いた笑い声を立てた。

「お互い、変わったもんね」

確かに恵は変わった。もう〝白魔術占い　レディ・ムーンライト〟の衣装は着ていないし、化粧は控えめで服装も着物で、地味なものが多い。

しかし、麗はさほど変わっていない。相変わらず濃いめのメイクで、髪形も着るものも派手だ。そのせいか、十五年の歳月がはっきりと外見に現れている。持っていたものを失い、新しい何かを手に入れることも出来なかった。その歳月が伝わってくるようだ。

「忘れてた。カウンターの上の大皿料理はお通しね。二品で三百円、五品で五百円。どっちにする？」

本日のメニューは、カボチャの煮物、エビとブロッコリーの中華風炒《いた》め、ゴボウのゴマ和《あ》え、芽キャベツのソテー、卵焼き。どれも残り少なくなっている。

「それじゃ、五品ね」

麗は、皿に料理を取り分ける恵の手つきをじっと見た。

「すっかり板についてるわね、女将《おかみ》さんぶりが」

「もう十四年もやってるから」

麗はぐるりと店内を見回した。

「それにしちゃ新しくない？」

「前の店が老朽化して、移転したのよ」

もらい火で全焼した経緯《いきさつ》を話すのは面倒《めんどう》なので、省略した。

「あなたのこと、去年テレビで観たわ」

去年は東陽テレビで取り上げられ、邦南《ほうなん》テレビの情報番組にも出演した。

「それを観てうちの主人が……あのね、私、結婚したの。お店をいくつかやってるんだけど、四谷《よつや》で占いバーをやったら受けるんじゃないかって。だってお宅、人気あるでしょ。それで二匹目のドジョウを狙《ねら》ったのね」

麗はお通しには手を付けず、ハイボールを呑み干した。

「マーケティングには、人気のある店のそばに似たような店を出すっていう戦略があるんですって。そういえば、コンビニとかドラッグストアって、ある場所が固まってるわよね」

麗はグラスをカウンターに置いた。

「お代わり」

恵は黙ってハイボールを作った。麗はどうやら、すでにだいぶ酔っているようだが、酒を呑みたがっている人間に「もうやめた方がいい」などと言うのは無駄《むだ》だった。断れば他の店で呑むだけだ。

「でも、元気そうで良かったわ。何しろ『占いの館《やかた》』の住人で、消息が分かってる人って少ないから」

麗は探《さぐ》るような眼で恵を見た。麗が恵に好意を持っていないことは昔から分かっていた。しかし、昔も今も特に悪意を抱《いだ》いているわけではない。だから、不可解だった。何のためにわざわざ会いに来たのか。

「間接的にではあるけど、あなたに礼文《れもん》を紹介したのは私なのよね。あのときはさすがに寝覚《ねざ》めが悪かったわ」

事件のことを持ち出すのは、いかにも唐突《とうとつ》だった。

「もしかして、私のこと恨《うら》んでる？」

「まさか」

恵はきっぱりと答えた。

「礼文には気の毒だったと思ってるわ。あのときは自分のことで精一杯だったけど、落ち着いてから考えたら、とても可哀想《かわいそう》に」

「自分の旦那《だんな》と不倫《ふりん》してたのに？」

麗は皮肉っぽく唇《くちびる》をゆがめた。

「だからって、死ぬなんてひどすぎるわ。まだ二十歳《はたち》ちょっとだったのよ。人生これからだったのに」

それが嘘偽《うそいつわ》りのない気持ちだった。いつ頃から心境が変わったのか覚えていないが、多分おでん屋の経営が軌道に乗り、落ち着いた暮らしになってからだろう。

「中江《なかえ》のことも、今は同情してるわ。生きてればぶん殴《なぐ》ったかもしれないけど、離婚して二度と顔を合わせなければ、今頃とっくに忘れてるんじゃないかしら。でも、二人とも悲惨《ひさん》な死に方をしたから、いつまでも心の隅《すみ》に残ってる。忘れてしまえばせいせいするのに、残念だわ」

麗もさすがに神妙な顔になった。

「礼文は考えの足りないところはあったけど、決して性格の悪い子じゃなかったのよ」

「分かってるわ」

師匠《ししよう》とアシスタントとして、一緒に過ごした期間は麗より恵の方が長いから、悪気がないのは知っている。だから採用したのだ。同時に、考えが足りないこともよく分かる。だから師匠の夫と不倫に走ったのだ。

今更《いまさら》考えても仕方ないので、深く考えたことはないが、おそらく中江の方から誘いをかけて不倫関係が始まったと、恵は推測している。中江にもっと思慮分別《しりよぶんべつ》があれば、不倫も死も回避《かいひ》できたのに。中江は、たとえ恵と離婚したとしても、自分が納得できる生き方を見つけたかもしれない。礼文はふさわしい伴侶《はんりよ》を得て、幸せに暮らしたかもしれない。

失われた二つの命に思いを致すと、恵はどうしても暗澹《あんたん》たる気持ちになる。ちょっとしたことで人生が大きく変わってしまう運命の残酷《ざんこく》さに、畏怖《いふ》の念を抱かずにはいられない。

「ところで、今でも占いをやるの？」

恵ははっきり首を振った。

「テレビを観たんなら知ってるでしょ。私はもう、天から授《さず》かった不思議な力を失ってしまったの。目に見えないものを見る力はないし、先のことも分からないわ」

「……もったいないわね。あんなによく当たってたのに」

その言葉は口先ばかりで、いささかの真実味も感じられなかった。

「でも、私はこれで良かったと思ってるの。おでん屋の女将が性《しよう》に合ってるのね。毎日張りがあって楽しいわ」

麗はまたしても探るような眼で恵を見た。負け惜しみを言っているのかどうか、確かめているのだろう。

占い師には、当たる占い師と当たらない占い師がいる。

当たる占い師は、カード、易《えき》、占星術、四柱推命《しちゆうすいめい》、手相《てそう》、人相《にんそう》など、どんなジャンルであっても、天から授かった力を持っている。霊感、千里眼《せんりがん》、予知能力、霊能力等々、呼び方は様々だが、要するに目に見えないものが見える能力である。彼らにとっては、カードや筮竹《ぜいちく》は精神を集中させるための小道具であり、肝心《かんじん》の力は自分の中にある。

一方、占星術や易学、四柱推命など学問としての占いは、学ぶことによって外堀《そとぼり》からじわじわと埋めていき、真実に近づいていく。

そして、「持っている」占い師はピンポイントで当てることが出来るが、勉強して知識を得た占い師は、なかなか中心部に切り込めない。

かつての恵は、典型的な「持っている」占い師だった。

麗は、持っている力は恵にははるかに及ばなかったが、タロットを猛勉強して知識を蓄え、巧《たく》みな話術で相談者から情報を引き出す術に長《た》けていた。

だから恵は力を失うと同時に占い師を廃業したが、麗は知能が衰えない限り、占い師を続けてゆくことが出来る。

「麗さんは、タロットを続けているのね」

「私は他に取り柄《とえ》がないから」

吐き捨てるような口調で言うと、麗は椅子《いす》から下りた。

「帰るわ。お勘定《かんじょう》して」

バッグから財布を出そうとする麗を、恵は片手を差し出して押しとどめた。

「今日はお店から。わざわざ来てくれたお礼」

「悪いわね。ご馳走《ちそう》さま」

麗はコートの裾《すそ》を翻《ひるがえ》して出て行った。

恵は、麗が何か悩みを抱《かか》えていると見当をつけた。特に会いたくもない恵の店を訪れたのは、解決の糸口を探していたのかもしれない。

今年はクリスマスイブが土曜日で、店を開けても商売にならないので休みにしたが、恵はちょっと残念だった。おでん屋とクリスマスは関係ないが、イブの夜に店を訪れるお客さんとおしゃべりするのは、結構楽しいのだ。

二十八日から正月休みに入る予定なので、今年の営業日は二日しか残っていない。

恵は開店の準備を整えると、小さな声で「よし！」と気合を入れた。

今日の大皿料理は、サツマイモのレモン煮、鯛《たい》のあら炊《だ》き、桜エビ入り卯《う》の花《はな》、焼きネギのお浸《ひた》し、デビルドエッグ。

お勧め料理は、自家製あん肝《きも》、平目《ひらめ》（刺身またはカルパッチョ）、牡蠣《かき》（フライまたはバターソテー）、季節のおでん（イイダコ、セリ）。

今か今かと待っていると、早速口開けのお客さんが入ってきた。鷲見敦《すみあつし》だった。

「いらっしゃいませ！」

「どうも、その節は」

鷲見はカウンターの席に腰かけて笑顔を見せた。以前来店したときより、ほんの少し顔色が明るくなったように見える。

「その後、如何《いかが》ですか？」

「あれから、推薦《すいせん》して下さった結婚相談所に行きました。そうしたら、驚いたことに……」

鷲見は驚きを強調するように、両手を肩幅に広げた。

「私を担当する相談員が、なんと、私が大学生のとき、下宿していた家の娘さんだったんですよ」

「それは、奇遇《きぐう》ですね」

「向こうも驚いてました。何しろ初めて会ったときは小学生だったんですから。それがすっかり大人になって……。あ、生ビールの小、下さい」

その女性は芦川夏美《あしかわなつみ》という。結婚して一人娘に恵まれたが、八年前に夫を喪《うしな》い、それからは女手一つで子供を育ててきた。その娘も去年、中学生になった。

「初めは、デパートのブライダルサロンで働いていて、一年半前に転職したそうです」

鷲見は生ビールを二口呑んで喉《のど》を潤《うるお》し、先を続けた。

「彼女が言うには、自分自身が幸せな結婚生活を送ったので、他人様《ひとさま》にも幸せな結婚をしてもらいたい。だからそのお手伝いをする仕事をしたいと思って、今の仕事に就《つ》いたそうです」

「まあ。それは素晴らしいお心がけですね」

鷲見は何度も頷いた。

「なっちゃ……芦川さんは昔から気持ちの優しい、しっかりした子でした」

「気心の知れた相談員さんがいれば、鷲見さんも心強いですね」

「はい、まったくです」

恵は大皿料理を取り分けて、鷲見の前に皿を置いた。

「それで、もうどなたかとお見合いは決まりましたか？」

「いえ、それはまだです。まずはリモートで話をして、それで互いに了解したら、実際に会うことになります」

鷲見はあら炊きを口に入れ、骨にくっついた身をきれいにしゃぶり取った。

「どうですか？　好みの女性に出会えそうな予感はありますか？」

「そうですねえ」

鷲見は考えをまとめるように宙《ちゅう》を見上げた。

「相談員さんとの最初の面談で、かなり細かい質問事項に回答しました。だから、ある程度、価値観の一致する相手を紹介してもらえると思います。あとは実際に話してみて、好意を感じられるかどうかですね」

「そうですね。条件はピッタリなのに、どうしてもしっくりこない相手はいますものね」

　すると、不意に鷲見の背後にかすかな光が見えた。淡い色の弱い光だが、間違いなく灯《とも》っていた。

　恵に凝視《ぎょうし》されて、鷲見は怪訝《けげん》な顔をした。

「何か？」

「あのう、これはただの勘《かん》なんですけど、近々、これは、と思う女性と出会う気がします」

「本当ですか？」

　鷲見は真顔《まがお》になって恵を見返した。恵はしっかりと頷いた。

「はい。きっと出会います」

「私は、その女性と結婚するんですか？」

「それはまだ分かりません。小さな光が見えただけですから」

「しかし……」

「言ってみれば、生まれたばかりの赤ん坊と同じです。すくすくと元気に育って立派な大人になるか、思いがけない道へ進んでしまうか、誰にも分からないんです」

「ああ、なるほど」

「私に言えることはたった一つだけ。巡り合ったご縁を大切に育てて下さい」

そして笑顔で付け加えた。

「私は、鷲見さんが優しくて誠実な方だということは存じていますから、少しも心配していません。亡くなった奥様に接したのと同じ気持ちで相手の女性と向き合えば、きっと気持ちは通じると思います。もしそれでダメだったら、ご縁がなかったんです。次の相手を紹介してもらいましょう」

「分かりました。頑張ります」

鷲見も安心したように微笑《ほほえ》んだ。

その日は八時を過ぎると、それまでいたお客さんが三人、四人とまとめて席を立ったが、入れ替わるようにグループのお客さんが入ってきた。

「ママさん、お久しぶり！」

「まあ、いらっしゃい！」

四人グループのお客さんのうち二人は外国人だが、恵ともすでに顔馴染《かおなじ》みだった。一人はジャマイカ生まれで大阪育ちの阪神タイガースファン、アンディことアンドリュー・ジャクソン。もう一人は水戸納豆《みとなっとう》をこよなく愛するオーストラリア出身、アビーことアビゲイル・フォード。二人とも四谷の英会話スクールで講師をしている。

結婚前、英会話のレッスンに通っていた旧姓大友《おおとも》まいが、めぐみ食堂に連れてきたのがきっかけで、時々来店してくれるようになった。

他の二人は日本人の男女で、初めてのお客さんだったが、相思相愛《そうしそうあい》なことは、二人を結ぶ明るいオレンジ色の光ですぐに分かった。

「紹介しますわ。瀬戸内完《せとうちかん》と土屋久美《つちやくみ》。完はうちのスクールの職員で、久美はそのフィアンセ」

早速アンディが二人を紹介した。

「ようこそいらっしゃいませ」

恵は軽くお辞儀《じぎ》をして、四人におしぼりを配った。

完は色白のほっそりした男性で、身長は百七十センチに少し足りない、年齢は三十歳くらいだろう。目は切れ長で鼻筋が通り、口は小さい。整っている割に地味で目立たない顔だ。どういうわけか、恵は前に完をどこかで見たような気がしたが、思い出せなかった。

久美は完より少し背が高いので、百七十センチちょっとだろう。年齢は二十五、六歳か。可愛《かわい》い顔をしているが、肩幅が広く、服の上からでもたくましい体型なのが分かる。スポーツ選手だろうか。

「ママさん、中生四つね」

アビーが代表で飲み物を注文し、恵に代わってお通しの説明をした。一同が五品全部載せを選んだのは言うまでもない。

「今日、シメでたこ焼き出来まっか？」

アンディは、ジャマイカ生まれだが心は大阪人なので、シメにはたこ焼きやお好み焼きを食べたがる。

「はい、大丈夫ですよ」

「やったね！」

四人は生ビールの中ジョッキを掲《かか》げ、盛大に乾杯した。

お通しをつまみにひとしきり呑んでから、四人は壁のホワイトボードに書かれた本日のお勧め料理のメニューを見上げた。

「ええなあ。全部食べたいわ」

「全部頼もうよ。ボーナス入ったし」

「ほな、全部」

「ママさん、というわけで全部ね。平日は刺身とカルパッチョ、牡蠣はフライとバターソテー、両方下さい」

「はい、ありがとうございます」

恵があわただしく調理に取りかかると、それを見て久美が言った。

「先におでん頼んだ方が良くない？」

「そやね。おでん、すぐやし」

アンディがカウンターから首を伸ばした。

「ママさん、先におでんもらいまっさ。料理は後でゆっくりやって」

「はい。ありがとうございます」

確かに、先におでんで呑んでいてもらった方がありがたい。恵は注文に応じて皿におでんを盛り、四人の前に出した。

しばらくしてから、アビーが言った。

「ママさん、完と久実、この前テレビに出たよ」

「どの番組？」

「『ニュース2・0』」

その言葉で、恵は完をどこで見たのか思い出した。

「コスプレイヤー！」

「ザッツ、ライト！」

アンディがぐいと右手の親指を立てた。

「先日、幕張メッセにいらっしゃいましたよね。それでテレビでも拝見したんですけど、分かりませんでした」

「しょうがないよね。実物は存在感薄いもん」

久美がずけずけと言ったが、完は鷹揚《おうよう》に微笑んでいる。

『ニュース2・0』では、完を「女装コスプレイヤー」として取り上げていた。幕張メッセで開催された「ワクワク文化祭」のレイヤーパレードで、来場者の間で一番人気を誇った《メジロマックイーン》に扮していたのが完だった。扮するキャラクターによっては、男性の方が体格的に、生身の女性以上にキャラクターと一体化できるので、どの会場でも注目を集め、ファンの間ではカリスマ的人気を誇っているという。

恵は改めて完の顔を見つめた。《メジロマックイーン》の濃いまつ毛に縁《ふち》どられたぱっちりとした目は、この一重瞼《ひとえまぶた》の細い目にテーピングとアイラインと付けまつ毛を駆使して作り上げたのかと思うと、感嘆するしかない。素顔は地味な歌舞伎役者、坂東玉三郎《ばんどうたまさぶろう》が、舞台化粧を施した途端《とたん》、絶世の美女に変身するのにも似ていて、まるで魔法を見せられたようだ。

「でも、ずいぶん努力なさっているんですね。衣装や小道具も全部手作りで……」

今は、コスプレ用の衣装も色々市販されている。しかし有名なコスプレイヤーは、キャラクターの細部まで正確に再現するため、市販のものに自《みずか》ら手を加えたり、一から手作りしたりする。

完も手作り派で、衣装は生地を選んで型紙を作るところから自分でやる。完がミシンで衣装を縫《ぬ》い上げる映像を見て、恵は心底感心した。

「ミシン、お上手ですね。どこかで習ったんですか？」

「独学です。衣装を作りたくて。最初はまっすぐ縫えなかったけど、だんだん慣れてきて」

完は嬉しそうに答えた。

「アンディさんとアビーさんは、完さんがレイヤーだって最初から知ってたの？」

「割とすぐやね。コミケに誘われてアビーと行ったら、自分、女の子のかっこで来たやん」

「あれは『アイドルマスター』の《夢見りあむ》だってば」

完がアンディにツッコミを入れた。恵は「コミケ」が世界最大の同人誌即売会「コミックマーケット」の略であることは知っていたが、『アイドルマスター』がアニメなのかゲームなのか、さっぱりだった。まして《夢見りあむ》に至っては……。

「ところで、久美さんもコスプレなさるんですか？」

「もちろん。完と知り合ったのもコスプレ大会だし」

類は〝友〟だけでなく、〝伴侶〟も呼び寄せたらしい。

「私も、『ワクワク文化祭』に参加してたんですよ」

「それは、お見逸《みそ》れしました。どんなキャラクターに扮してたんですか？」

久美は完と素早く視線を交わし、にやりと微笑んだ。

「『百式《ひゃくしき》』。『Zガンダム《ゼータ》』に登場するモビルスーツ。クワトロ・バジーナことシャア・アズナブルが乗り込んで活躍した、金色のスーツ」

またしても恵にはチンプンカンプンだったが、金色に輝く強そうなロボットがいたのを思い出した。

「シールドなしでライフル、バズーカ、ビームサーベルだけのシンプルな武装なのに、めっちゃ強いところが気に入ってるの」

恵は会話についていけず、かろうじて当たり障《さわ》りのないセリフを口にした。

「あの、作るの大変そうですね」

「そりゃもう。休みの日はモビルスーツの製作とメンテで終わっちゃうわ」

久美はむしろ嬉しそうだった。完と顔を見合わせ、互いのコスチューム愛を確認するように頷《うなず》き合っている。

「でも、不思議。久美さんはとても可愛いのに、どうして完さんみたいに女性キャラクターじゃなくて、ロボットみたいな格好を選んだんですか？」

「完ちゃん、聞いた？」

久美ははしゃいで完の肩を叩《たた》いた。

「聞いた。良かったね、クーちゃん」

「ママさん、ありがとう。私、中学からずっと砲丸投《ほうがんな》げやってたの。大学のとき、肩を壊して引退したんだけど」

久美は高校時代はインターハイに出場し、大学のときは実業団からスカウトが来るほど有望視されていたという。

「それはお気の毒でしたね」

「最初は落ち込んだわ。でも、選手生活に悔《く》いはないし、競技を通して学んだことは、これからの人生にも役に立つと思ってる。だから何とか立ち直れた。でも、周りの評価が変わって、それがショックだった」

久美はわずかに眉《まゆ》をひそめた。

「砲丸投げって、だいたいにおいて体格のいい選手の方が成績が良いのよね。だから背が高いのは有利だったし、筋肉をつけてガタイをデカくするのも正解だった。ところがアスリートをやめた途端、プラス評価だったものが全部マイナス評価になっちゃって」

友人や職場の人たちから、それとなく、もう少し減量した方がいいのではないかと言われた。せっかく可愛い顔をしているのだから、もう少し華奢《きゃしゃ》な体格になって、自分の魅力をアピールした方がいい、と。

「親切で言ってくれてるのは分かったけど、なんだか、これまでのアスリート人生を否定されたみたいで、頭に来ちゃった。それで、ますます筋トレに励んでムキムキになったりして」

そんなとき、日本橋《にほんばし》に出かけた折に、偶然コスプレのイベントに遭遇《そうぐう》した。アニメやゲームのキャラクターに交じって、少数だがモビルスーツのコスプレイヤーもいた。

「それ見た瞬間、これだって閃《ひらめ》いちゃった。元々ガンダムのファンだったけど、コスプレは考えてなかった。でも、私ならこの身体を利用して、誰よりもかっこよくモビルスーツのコスプレが出来るんじゃないかって」

久美は肩幅の広さを強調するように胸をそらせた。完はそんな久美を誇らしげに眺めている。

「女性でモビルスーツのコスプレ出来る人って、僕、クーちゃんしか知らない。ママさん、彼女、人気あるんですよ。特に男の子に」

いかにも強そうだった金色のロボットが目に浮かび、恵は大きく頷いた。

「そうでしょうね。幕張メッセのイベントに連れて行った男の子も、ずっとそばで写真を撮ってましたよ」

話している間にも、お勧め料理は次々と完成した。恵は平目の刺身とカルパッチョを出した。

「次はあん肝をお出ししますね」

「ほな、やっぱ日本酒《どう》でっか」

「浜千鳥《はまちどり》なんか如何です？　白身魚と相性抜群で、特に平目と合うんです。肝和えで食べたら昇天《しょうてん》するって酒屋さんが言ってましたから、あん肝にも合うと思いますよ」

アンディが一同の顔を見回すと、みんな一斉に頷いた。

「とりあえず二合ね」

アビーが指を二本立てた。シメのたこ焼きまでに、もう何種か違う酒を呑みたいという意思表示だ。

「このカルパッチョ、美味しい」

「柚子《ゆず》と山椒《さんしょう》かな。今度、作ってあげるよ」

「嬉しい！　完ちゃん最高」

『ニュース2・0』では、完は一人暮らしで自炊《じすい》生活を送っていると紹介していた。コスチュームを自分で作るくらいだから、手先が器用で、料理も得意なのだろう。

「料理男子、最近はモテモテみたいですね」

「最近じゃないわ。昔から」

久美は平然とのろけたが、率直すぎて嫌みがない。

「僕はクーちゃんとは逆バージョンなんです」

完は少し酔いが回ったのか、目の縁がほんのり赤く染まっていた。

「最初は男性キャラクターのコスプレをやってたんですけど、僕、迫力ないでしょ。他と比べて、全然見劣りするんですよね」

だからといって、すぐ女装を思いついたわけではない。きっかけは些細《ささい》なことだった。

「いつだったか、なんかで『古畑任三郎《ふるはたにんざぶろう》』の話題になって、友達が『若い頃の田村《たむら》正和《まさかず》は鈴木《すずき》杏樹《あんじゅ》と似てる』って言ったんです。そうかなあと思ってたら、『じゃあ、田村正和が女装したら鈴木杏樹になるのか』って言った奴《やつ》がいたことを思い出して……。そのとき急にビビッと閃いたんです。そうだ、女性キャラクターのコスプレが出来るぞって」

「閃いて良かったね。女性キャラのコスプレをやったからこそ、完はカリスマになったんだもの」

アビーが浜千鳥のグラスを傾けて言った。

「僕もそう思う。自分で言うのもアレだけど、まるで存在感のない人生だったのが、すっかり変わったもん。どこへ行っても人だかりが出来て、写真撮られて、生まれて初めて生き甲斐《がい》を感じた。今度はテレビの取材まで来て、ほんと、レイヤーになって良かった」

「おまけに、久美と知り合えたやん。この、幸せもん」

アンディが、肘《ひじ》で完の脇腹を突っついた。

「ほんまや」

「発音悪いなあ。ネイティブは『ほんまや』ちゅうねん」

四人は小さな笑い声を立てた。

恵はこれまで、コスプレについて深く考えたことは一度もなかった。しかし完と久美のカップルの話を聞いて、コスプレというものが存在して良かったと素直に思った。二人とも、コスプレを通して自信を与えられ、より良い人生を歩み出したのだから。

「アビーさん、そろそろ牡蠣のソテーとフライが上がりますけど、お酒はどうなさいます？」

デカンタの浜千鳥はほとんど空《から》になっている。

「ママさんは何がお勧め？」

「開春《かいしゅん》は如何ですか？」

「パパ活のお酒？」

「それは買春。これは春を開くお酒です。ドライで涼感のある飲み口なので、揚げ物にはぴったりですよ」

「じゃあ、それ二合ね」

恵は新しいデカンタに開春を注《つ》ぎ、グラスと一緒に出した。その頃合いでフライが揚がり、ソテーも火が通りかけた。

「お待ちどおさまでした」

牡蠣フライと牡蠣のソテーの皿を出してから、たこ焼きの準備に取りかかる前に、野次馬《やじうま》根性を出して訊いてみた。

「完さんと久美さん、結婚式もコスプレでなさるの？」

完と久美は、同時に顔をしかめた。

「それが問題でね」

「私達だけならそうするんだけど、親とか親戚《しんせき》はそんなふざけた結婚式は困るっていうの」

「僕たちはガチ真剣で、全然ふざけてないのに、おかしいよね」

アンディとアビーはにやにやしながら二人を眺めている。どうも続きを聞いているらしい。

「それで、結局、どうなさるんですか？」

「結婚式は普通にやって、コスプレは二次会で」

久美がキッパリと言った。

「なるほど。それはいい考えですね」

「けど、絶対ただじゃ済まんやろな」

アンディが訳知り顔で言った。

「どうして？」

アビーは笑いを噛《か》み殺してアンディを見た。

「二人の友達、みんなレイヤーでっせ」

披露宴の会場を埋め尽くす、あの色鮮やかなレイヤー集団を想像すると、恵は温かな気持ちになり、次の瞬間、笑いが込み上げてきた。

四皿目

幼《おさな》馴《な》染《じみ》のクリーム煮

新しい年が明けた。

恵《めぐみ》は年末年始、東京を離れ、伊豆《いず》で過ごした。静かな旅館で心を洗われる美しい風景を眺《なが》め、一日に何度も温泉に入り、上《あ》げ膳据《ぜんす》え膳《ぜん》で横のものを縦にもせず、思い切りのんびりした。まさに命の洗濯だった。

例年、年末年始は自宅マンションで過ごしていた。めぐみ食堂を開業してからは、旅行することもなくなった。占い師時代に日本全国へ仕事で旅行し、テレビ番組で何度も外国に行ったので、旅行は食傷気味だったのかもしれない。

それが、思い立って十二月三十日から一月三日まで東京を離れたのは、三年続いた流行病《はやりやまい》による閉塞感《へいそくかん》に、息苦しさを覚えたからだろうか。そのストレスは自分自身で感じる以上に、心身に悪影響を与えていたようだ。

人間、放っておけばさほど興味が湧《わ》かないことでも、禁止されると食指が動くことがある。やれ移動するな、県境を越えるな、ワクチン三回接種、自主隔離《かくり》、陰性証明書を出せ等々、あまりにうるさいことを言われて、いい加減うんざりしていた。

だから、解禁されたのを幸い、旅行に出かけようと思い立った。それに飲食業と同じく、観光業も流行病で大きな打撃を受けた。ひどい目に遭《あ》った者同士、少しでも助けになれば……という気持ちもあった。

一月五日に、恵は店を開けた。新年初の営業日だ。

官公庁の仕事始めは一月四日で、それに倣《なら》う企業も多いが、ほとんど午前中か午後の早い時間で仕事を終えてしまうため、店を開けても商売にならない。

日めくりカレンダーは再び分厚くなった。暖簾《のれん》もきれいにクリーニングしてある。特別変わったところはないが、それでも年が明けると何かが新しくなった気がする。

恵はほんの少し厳粛《げんしゅく》な気持ちで、割烹着《かっぽうぎ》を調理用から接客用に着替えた。

今日の大皿料理は、カリフラワーとウインナーのカレーマヨ炒《いた》め、菜の花のゴマ和《あ》え、カボチャサラダ、芽キャベツのアンチョビガーリック炒め、ホウレン草とハムのキッシュ。

菜の花は今年の初物《はつもの》だ。そしてほかの料理はすべて洋風にして、醬油《しょうゆ》と砂糖の味付けを避けた。お客さんたちもお節《せち》料理に飽きているだろうから。

続いて、本日のお勧め料理を書いたホワイトボードに目を遣《や》った。

甘エビとホタテ（刺身またはカルパッチョ）、ワカサギの天ぷら、キャベツとスモークサーモンの重ね漬《づ》け、菜の花とハマグリのクリーム煮、中華風茶碗蒸《ちゃわんむ》し。甘エビとホタテはセットで出すことにした。特にカルパッチョにしてプチトマトと刻みパセリを飾ると、ホタテの白と甘エビのほんのりピンクが映える。

菜の花とハマグリのクリーム煮もちょっと自慢だ。どちらも今年の初物で、レシピには、出汁《だし》で煮てバターと生クリームを加え、片栗粉《かたくりこ》でとろみを付けると書いてあった。それなら、おでんの汁で煮ればすぐ出来る。めぐみ食堂のおでんの汁は、昆布《こんぶ》と鰹節《かつおぶし》と鶏ガラで取っているのだから、出汁の宝庫だ。

さあ、新年最初の営業日。幸先《さいさき》の良いスタートが切れますように！

恵は声に出さずに念じて、そっと両手を合わせた。

と、まるで恵の心の声を聞き取ったかのように、一番乗りのお客さんが入ってきた。

「いらっしゃいませ。あけましておめでとうございます」

鷲見敦《すみあつし》だった。今日は女性の連れがいる。

「おめでとう。紹介するよ、こちらは芦川夏美《あしかわなつみ》さん。私がお世話になっている結婚相談所の担当者。婚活アドバイザーだっけ？」

「あるいは相談員。呼びやすい方でどうぞ」

二人は並んでカウンターの席に腰を下ろした。

「ああ、前に仰《おっしゃ》っていた方ですね。偶然に再会した……」

「そうそう」

恵が二人におしぼりを差し出すと、鷲見は瓶《びん》ビールを頼んでから夏美を振り向いた。

「ウーロン茶の方がいい？」

「ううん、ビールで」

夏美は四十歳くらいだろうか。優しげな顔立ちで、清潔感のある美貌《びぼう》だった。興味深そうに、店内を見回している。

「ここが藤原《ふじわら》社長が話していたお店ですね。一度来てみたいと思っていたんです」

「それは、ありがとうございます」

恵はビールの栓《せん》を抜き、二人の前に置いた。

海斗《かいと》は再来週の金曜日に、結婚相談所のメンバーをめぐみ食堂に招待しているのだが、夏美はおくびにも出さない。せっかく連れてきてくれた鷲見の気持ちを慮《おもんぱか》ってのことだろう。そんな気遣《きづか》いの出来る女性なら、きっと婚活アドバイザーとしても優秀なはずだ。鷲見に良いアドバイザーがついて良かったと、恵は喜んでいた。

　二人はビールで乾杯してから、お通しの大皿料理に箸《はし》を伸ばした。

「カリフラワー、美味《おい》しい。この味付け、カレー粉と何ですか？」

「マヨネーズです。この二つしか使わないから、簡単ですよ」

「冷めても美味しいのがいいですね。娘のお弁当に入れてみようかしら」

「お弁当作ってるの？」

　鷲見が意外そうな顔で訊《き》いた。

「毎朝、私の分と一緒に。娘の学校、給食じゃないのよ」

「そうか。お母さんなんだよな。どうも昔のイメージが残ってて、急に大人になられると、調子狂うよ」

「あっちゃんも昔と変わらないわね」

「まさか。こんなオヤジが大学生の頃と同じわけがない」

「原型が変わらないってこと。あの頃のまんま三十年経《た》った感じ。だから、すぐあっちゃんだって分かったわ」

「そうか。私は全然分からなかった。女は怖いねえ」

　鷲見と夏美はすっかり打ち解けていて、ぎこちなさやよそよそしさは少しも感じられなかった。三十年ぶりに再会したばかりとは思えない。それは二人が一種の幼馴染だからだろう。

「そういえば、あっちゃんはどうしてこのお店に通うようになったの？」

「最初は息子に連れてこられたんだ。四谷《よつや》の岡村《おかむら》学園に通っててね。職員の方に教えてもらってこの店に来たら気に入って、父親の財布を当てにして裏を返したわけさ」

鷲見は一度言葉を切って、本日のお勧め料理に目を遣った。

「ここはおでんも美味《うま》いけど、一品料理も乙《おつ》なんだ。何か食べてみない？」

夏美は、目を凝《こ》らして品書きを見つめた。

「カルパッチョとクリーム煮。それと、重ね漬けも興味あるわ」

「ママさん、その三つ、お願いします」

「はい、かしこまりました」

鷲見は飲み物のメニューを広げて夏美に見せた。

「ここは日本酒の品揃《しなぞろ》えもいいんだ。もっとも、私はよく分からないから、全部ママさんに選んでもらうんだけどね」

「それが賢明《けんめい》よ。私も、分からないことはお店の人に訊くの。それが一番確実だから」

お勧め料理は、一番先にキャベツとスモークサーモンの重ね漬けを出した。これは漬物の一種だから、冷蔵庫から出して、切って皿に盛るだけでいい。

「切り口がきれいね」

薄緑色のキャベツと赤味のあるピンクのサーモンがミルフィーユ状に重なっている。生姜《しょうが》の千切りと大葉《おおば》も挟《はさ》んであるので、味にアクセントが付き、香りも爽《さわ》やかだ。

「これはやっぱり日本酒かな。ママさん、お酒、何がいい?」

「翠露《すいろ》は如何《いかが》ですか? 香りが華やかで、味わいが繊細で涼味があって、お食事のスタートにぴったりのお酒です。日本酒を呑《の》み慣れない方にも楽しんでいただけるって、酒屋さんが言ってました」

「じゃあ、それにする。二合ね」

恵が翠露の用意をしていると、夏美が鷲見に小声で言った。

「さすが、勧め上手ね。聞いてるだけで呑みたくなるわ」

「しかも呑んで外《はず》れがない」

恵は翠露のデカンタとグラスを二人の前に置いて微笑《ほほえ》んだ。

「お褒《ほ》めにあずかって恐縮です」

鷲見と夏美は翠露で乾杯し、グラスを傾けた。

「本当。爽やかですっと入ってく感じ」

夏美はグラスを置いて、小さく溜息《ためいき》を吐《つ》いた。

ホタテと甘エビのカルパッチョも出来上がった。刺身用を使えば手間もかからない。軽く塩・胡椒《こしょう》したホタテを皿に丸く並べ、上に甘エビを載せたら、周囲をプチトマトで飾って刻みパセリを散らす。そしてオリーブオイルとポン酢を混ぜたソースをかけ回す。いくらか和風テイストのカルパッチョだ。

鷲見も夏美もひと箸口に入れて、大きく頷《うなず》き合った。

「これは日本酒に合うねえ」

「ポン酢が隠し味で、利《き》いてるわ。でも、お刺身とも全然違う」

夏美は顔を上げて恵を見た。

「私は社長から、元は人気占い師だった方がやっているお店で、婚活のパワースポットだって伺ってたので、もう少しムード重視のお店かと思ってたんです。あの、つまり神秘的な感じの。でも、全然違いますね。本当にまっとうな、美味しい和食のお店です」

恵は素直に感動した。日常的に料理を作っている女性から褒められるほど嬉《うれ》しいことはない。彼女たちは「料理の内幕」を知っているから、ごまかしは通じないのだ。

「実は、息子が私をこの店に連れてきたのは、ママさんが元占い師で、ここが婚活のパワースポットだって聞きつけたからなんだ」

鷲見は少し恥ずかしそうな顔をした。

「息子は自分のせいで私が再婚できなかったと思い込んでたみたいでね。ママさんに、何とか親父《おやじ》の再婚相手を見つけて下さいって頼んだんだ」

「まあ。父親思いの、いい息子さんね」

「まだ学生の息子に再婚の心配をされるなんて、情けないっちゃ情けないけどね。でも、それでやっと真剣に、これからの人生について考えるきっかけになった。色々考えたら、息子の方が正しいような気がして……次は一人でこの店に来て、ママさんに相談したんだ。そうしたら、本気で再婚を考えているなら、結婚相談所に入会するのがいいと言われてね」

クリーム煮の具材を小鍋《こなべ》に入れ、恵は口を添えた。

「それで藤原さんの経営している相談所をお勧めしました。色々な結婚相談所があるけれど、ＡＩを活用している相談所の方が成婚率が高いですから」

「ありがとうございます」

夏美は丁寧《ていねい》にお辞儀《じぎ》をした。

「新しいご相談者さんを紹介していただいたことも感謝してますが、それ以上に鷲見さんと再会できたことが嬉しいんです。うちに下宿していた学生さんは何人もいましたけど、一番可愛《かわい》がってもらいました。遊園地やプールやお祭りに連れて行ってもらって、すごく楽しかった。今でも時々思い出すんです」

「私は一人っ子だったからね。妹が出来たみたいで嬉しかったんだ」

鷲見は照れ臭《くさ》そうな顔になった。

恵はガスの火加減をしながら何気なくカウンターを見て、鷲見と夏美の背後にほんのり明るい光が灯《とも》っているのに気が付いた。

まあ、これは……。

良い兆候《ちょうこう》だった。どうやら二人の心には、互いを思う気持ちが芽生《めば》えつつある。このまま大きく育ってゆけば、やがて二人は一つの光に包まれるだろう。

恵はクリーム煮を仕上げながら、改めて二人の様子を観察した。

鷲見は五十三歳、夏美は四十二、三歳らしい。出会ったときは大学生と小学生だったが、今は二人とも成熟した大人の男女だ。そして奇《く》しくも愛する伴侶《はんりよ》を喪《うしな》う悲しみを経験をしている。なんともお似合いの二人ではないか。

「とにかくあっちゃん、大船に乗った気でいてね。私の相談員人生をかけて、最高にお似合いの女性を探すから」

「よろしく頼むよ、なっちゃん」

どうやら二人は、まだ自分の心に芽生えた思いに気付いていないようだ。

でも、あわてることないわ。ご縁に導かれているんだもの。ゆっくり近づいていけば、きっとうまくいく。

恵は心の中で二人に語りかけた。声は届かなくとも、気持ちが届くようにと。

その日、客席は八時で一度満席になり、それから入れ替わって十時までに七割が埋まった。仕事始めとしてはまずまずの成績だ。

二人連れのお客さんが席を立ったところで、また新しいお客さんが二人入ってきた。

「いらっしゃいませ。あけましておめでとうございます」

東陽《とうよう》テレビの笠原蓮《かさはられん》と、同年代の男性だった。蓮はカウンターの席に座ると、連れの男性を紹介した。

「同期の碇南朋《いかりなお》。スポーツ局」

「どうも、初めまして。お噂《うわさ》はかねがね」

にっこり笑うと白い歯がきれいだった。色黒なのは取材で日焼けしたのかもしれない。

「お飲み物は何がよろしいですか？」

「俺《おれ》、中生」

「じゃ、私も」

飲み物の注文が終わると、碇はカウンターの上の大皿料理に目を遣った。

「これが噂のお通し五品盛り？」

「はい。残り少なくなったので、サービスしますね」

恵はお通し用の皿に、いつもより多めに盛り付けた。この時間になると、新しいお客さんが入ってくることはほとんどない。

「それと、ごめんなさい。本日のお勧め、甘エビとホタテ、ワカサギは売り切れなんです」

「それじゃ、他の三つをもらうわ」

「どれも美味そうだな」

「唐津《からつ》さんが贔屓《ひいき》にしてる店だもん。レベル高いわよ」

二人はしばらくビールを片手にお通しをつまみながら、昨年担当していた番組について話し始めた。

「……で、もうちょっとで深沢《ふかざわ》さんに打診するところだったのよ」

「やば」

「あのときはホント、危機一髪《ききいっぱつ》って感じだった」

深沢洋《ひろし》は少子化対策総合研究所の理事長を務め、マスコミからも注目されていた人物で、恵も邦南《ほうなん》テレビの江差清隆《えさしきよたか》の番組で、同時出演したことがある。ところが、去年の三月、不倫《ふりん》相手が刃傷《にんじょう》事件を起こし、役職も名誉も失ってしまった。

やがてお勧め料理が目の前に並ぶと、二人は日本酒を注文した。

「大信州《だいしんしゅう》、二合ね」

大信州は、瑞々《みずみず》しい香りと優しい飲み口を持つ、ライトタッチの日本酒だ。白身魚や鶏肉と相性が良いので、スモークサーモン、ハマグリ、それに茶碗蒸しにも合う。

「笠原さんはお酒のセンスがよろしいですね」

「いや〜、それほどでも」

　蓮はおどけて答えたが、嬉しそうだった。

「そういえば笠原、箱根駅伝《はこねえきでん》応援してんだって？」

「うん。うち実家が平塚《ひらつか》で、コースが目の前なのよ。だから子供の頃から年中行事で、親と応援に行ってた」

「うちは親父がサッカー好きでさ、正月は毎年天皇杯」

「へえ。でも碇、サッカー部出身じゃないよね」

「俺は寒空に国立なんか行くの、いやだったんだよ。それでサッカー嫌いになって、陸上部」

「あ、分かる。私も子供の頃、親にピアノ習わされて、それでピアノ嫌いになったもん」

　恵は大信州のデカンタとグラスを二人の前に置いた。

「ピアノあるあるですね。同じ話を別の方からも伺いました。親御《おやご》さんは本人のためと思って、ピアノを習わせたんでしょうけど」

「そうそう。でも、駅伝の応援は嫌いじゃなかった。ランナー繋《つな》がりで、マラソン見るのも好き」

蓮と碇はグラスを合わせて乾杯した。

「今年の箱根は、誰か推《お》しの選手いた?」

蓮は勢いよく首を振った。

「でも、暮れの福岡国際マラソン! ど真ん中がいた」

蓮は胸の前で手を握り合わせ、身をよじった。

「ほら、優勝争いでいいとこまでいったのに、ゴールの手前で抜かれちゃった……」

「ああ、手嶋征矢《てじませいや》」

「あの人、超カッコいいよね」

「超まではいかないだろ」

「いいのよ。タイプなんだから」

蓮は恵の方に身を乗り出した。

「福岡国際マラソンは、オリンピックの代表選手を決めるMGC(マラソングランドチャンピオンシップ)に出場するための選考会の一つにも指定されてるの。だから出場するだけでもハードル高いのよ」

スポーツには、いやスポーツにも疎《うと》い恵は、「はあ、そうですか」と相槌《あいづち》を打つしかない。

「手嶋征矢は、顔だけじゃなくてフォームもきれいなの。あのね、優秀なアスリートって全員そうだけど、どんなに速い動きをしても、絶対に体幹がぶれないのよ。機会があったら見てみて。マラソンでもボクシングでも、みんなそうだから」

一気に話すと、グラスに残った大信州を呑み干した。

「あ～あ、三月の東京マラソンまで、手嶋に会えない。つまんな～い」

大げさに溜息を吐き、続いてハマグリと菜の花のクリーム煮を口にすると、大きく目を見開いた。

「このクリーム煮、美味しい。ちょっと和テイスト？」

「おでんの汁で煮たんです。とろみは片栗粉」

「クリーム煮はホワイトソースだと思ってた。片栗粉でいいなら簡単よね」

「簡単って、お前、料理なんかする？」

「しない。めんどいもん」

「ママさんが呆《あき》れてるよ」

「とんでもない」

働く女性は忙しい。料理が苦手な人もいるし、料理をする時間があったら別のことをしたいと思う人がいるのは当然だ。情報番組の制作に携《たずさ》わっている蓮は、きっと激務だろう。毎日疲れ切って、料理する気力もないのかもしれない。

「今はコンビニも外食産業も充実してますからね。上手に選んで食べれば、栄養が偏《かたよ》ることもありませんし」

「特にめぐみ食堂はヘルシーよね」

蓮は、にやりと笑って恵を見た。

「ありがとうございます。どうぞご贔屓に」

恵も微笑み返した。

「昔、香港《ホンコン》とシンガポールに行ったことがあるんですけど、朝から外食する人が多いのでびっくりしました。ガイドさんが言うには、自炊《じすい》するより安上がりなんですって。便利で羨《うらや》ましいと思いましたけど、いつの間にか日本も近づいてますね」

水の質が悪いとか共働きが多いとか、理由は他にもあるだろうが、仕事を持つ女性が炊事から解放されるのは良いことだと、漠然《ばくぜん》と思ったものだ。まさか自分が将来おでん屋を営《いとな》むようになるとは、あの頃は夢にも思っていなかった。

「私、結婚しない男性が増えたのは、コンビニが進化したのが大きいと思ってるんです」

「言えてる。嫁さんがいなくても、コンビニがあれば生きていける」

碇が納得顔で頷いた。

「碇、結婚したいなら、ここの常連になりなよ。婚活のパワースポットだから」

「お前にそう言われてもなあ。カレシいない歴、何年だよ」

「私はこれからよ。通いつめれば、いつか手嶋と結婚できるかもしれない」

キッチンタイマーが鳴り、恵はガスの火を止めた。蒸し器から茶碗蒸しの丼《どんぶり》を取り出すと、刻みネギを散らし、醤油ダレとグラグラに熱したネギ油を回しかけた。ジュワッと油のはぜる音に続いて、醤油の良い香りがふわりと漂《ただよ》った。仕上げに香菜《シャンツァイ》を載せる。

「お待ちどおさまでした。熱いのでお気をつけて」

取り皿にレンゲを二本添えて出した。中華風茶碗蒸しは中国では定番のおかずで、大きな器《うつわ》で作って家族で取り分けて食べるのがスタンダードだが、めぐみ食堂では二人分の量で作る。

蓮も碇もふうふうと吹きながら、何度もレンゲを口に運んだ。

「中華風、うめえなあ」

「町中華で茶碗蒸しって、やってないよね」

恵が読んだレシピは、高級中華「赤坂璃宮《あかさかりきゆう》」のオーナーシェフ・譚彦彬《たんひこあき》氏のものだった。店で茶碗蒸しを提供しているか否《いな》か、恵は行ったことがないので知らない。

「そんなに熱上げてんなら、手嶋征矢、紹介してやろうか？」

唐突《とうとつ》に言われて、蓮は一瞬ポカンと口を開けた。

「ど、どうしてそんなこと出来んの？」

「俺、陸上部だったから、インカレで同じレースに出た。知り合いってほどでもないけど、顔見知りかな。それと、手嶋はイコマ建設だろ？　あそこの陸上部の取材したことあって、名護屋《なごや》監督とは話してるし」

「碇、頼む！」

蓮は両手を合わせて頭を下げた。

「拝《おが》むのは早い。紹介はするけど、その先はお前次第だから」

「分かってる。碇、せめてものお礼に残り、あげる」

蓮は汁だけになった茶碗蒸しの丼を指さした。

「セコイ女」

碇は苦笑を浮かべたが、茶碗蒸しの汁をきれいに飲み干した。

一週間後、六時の開店からほどなく、鷲見が毅《たけし》を連れて店を訪れた。

「いらっしゃいませ。毅さんもようこそ」

「こんにちは。とりあえず小生二つ」

おしぼりで手を拭《ふ》きながら、鷲見は嬉しそうに報告した。

「実はねママさん、お見合い相手との面談が決まりましたよ」

「それは、良かったですね。いつですか？」

「来週の土曜日です」

「もしお差し支《つか》えなかったら、お相手はどんな方か……」

「看護師さん。四十五歳。離婚歴あり」

鷲見に代わって毅が説明した。父親の見合い相手が決まったことを素直に喜んでいる。

「夫の浮気が原因で別れたそうです。元夫は医者で、浮気を繰り返したので、愛想《あいそ》が尽きて離婚したと」

鷲見が気の毒そうに付け加えた。

「それ以来、結婚は考えていなかったそうですが、去年、親しい同僚が結婚して幸せに暮らしている姿を見て、もう一度誰かと一緒に生きるのも悪くないと、考え直したそうです」

「なかなか自立心のある、しっかりした方のようですね。それに、自分の生き方を見直す柔軟さもある」

「はい。私もそこに好感を持ちました」

毅は父の見合い相手の話より、今日の料理が気になるようで、カウンターの大皿料理と本日のお勧め料理を順番に眺めている。

大皿料理は、レンコンの梅和え、ジャーマンポテト、ゴボウのゴマ和え、菜の花の辛子《からし》和え、卵焼き。

本日のお勧め料理は、赤貝《あかがい》の刺身、自家製あん肝《きも》、白子《しらこ》ポン酢、金目鯛《きんめだい》兜煮《かぶとに》、鱈《たら》のムニエル。

「ねえ、あん肝と白子頼もうよ。それとムニエル」

「分かった、分かった。ママさん、お願いしますよ」

「はい。かしこまりました」

恵は、大皿料理を皿に取り分けながら微笑んだ。見れば、鷲見の頭の後ろに灯る光は、この前より少し明るさを増し、大きくなっている。順調にご縁は育っているのだ。

　果たしてそのご縁は夏美に繋がっているのだろうか。それとも見合い相手に？

恵は思わず首をひねった。この前は鷲見と結ばれるのは夏美だと思ったが、もしかしたら夏美にも、鷲見とは別のご縁が生まれたのかもしれない。

「ねえ、お父さん、相手の人をここに連れて来れば？」

　恵も鷲見も困惑したが、毅は自分のアイデアに乗り気だった。

「その人とうまくいくかどうか、ママさんならきっと分かるよ。そうでしょ？」

　問いかけられて、恵は一瞬躊躇《ちゅうちょ》した。人の気持ちは時と共に変化するので、男女のご縁にはタイミングも大切なのだ。タイミングを外したら、せっかくのご縁も繋がらなかったりする。

「ほら、ママさんも困ってるじゃないか」

　鷲見は口では息子をたしなめたが、視線は頼りなげに彷徨《さまよ》っている。

「でも、絶対うまくいかないカップルは、分かるんでしょ」

　毅は重ねて恵に尋ねた。

「そうですねえ。大きな問題を抱《かか》えている人は、何となく分かります。一度、女性の方は乗り気だったけれど、男性がまともな人ではなかったので、見かねてお止めしたことがあります」

男は七十歳の金持ちで、妻を殺して財産を奪った過去があった。医者と結託《けったく》したのか、世間的には病死で通ったが、妻の怨念《おんねん》はこの世にとどまり、再婚相手や愛人の前に現れた。彼女たちは震えあがって男のもとから逃げ出し、男の周囲には誰もいなくなった。孤独死の運命は避けがたいようだった。

「お父さん、やっぱり、ママさんに見てもらった方がいいよ」

そう言うと、毅はもう一度、恵に話を振った。

「結婚相談所では、結婚が成立した人の半分以上は、入会から半年以内に決まるそうですよね。それなら、時間は無駄に出来ないでしょ。可能性のない人と何回も会うのは、意味ないですよね」

今度はなだめるような口調になって、再び父親に言った。

「ダメだったら次の人を紹介してもらえるんだから、その方がいいよ、お父さん」

鷲見も根負けしたように頷いた。

「お宅は、迷惑じゃないですか？」

鷲見は上目遣《うわめづか》いで尋ねた。

「とんでもない。うちの方こそ恐縮です。お見合い相手の方をお連れするのに、こんな普通のおでん屋でよろしいんですか？」

「私はこの店がとても気に入ってます。妻になる女性にも、好きになってほしいと思います」

「ありがたいお話で、嬉しいです。大歓迎ですよ。どうぞ、いらして下さい」

「良かったね、お父さん」

毅は嬉しそうに言って、白子ポン酢を口に入れた。


翌週の土曜日、恵はいそいそと店を開けた。ＡＩが鷲見の相手にふさわしいと判断したのはどんな女性か、好奇心を抑《おさ》えられなかった。播戸《ばんど》と由子《ゆうこ》もお似合いだったから、もしかしたら鷲見も、その女性とカップル成立するかもしれない。

二人のために特別料理を用意した。蟹面《かにめん》だ。昨日は藤原海斗が貸し切りで宴会《えんかい》を開き、蟹面を注文してくれた。せっかくの機会なので、人数分より多く作って、今日のために取っておいたのだ。

六時少し過ぎに、鷲見が女性を伴って店にやってきた。

「いらっしゃいませ。どうぞ、こちらに」

カウンターには箸置きと割り箸を二人分セットしておいた。

鷲見は女性と並んで席に座ると、恵を見てにこやかに言った。

「ママさん、紹介します。堀切《ほりきり》千尋《ちひろ》さんです。こちらは店のご主人の玉坂《たまさか》恵さん」

恵と千尋は頭を下げ、挨拶《あいさつ》を交わした。

千尋は四十五歳とは思えない若々しさで、顔立ちは昭和のアイドル歌手に少し似ていた。

「今日は特別に蟹面をご用意しました」

「蟹面?」

鷲見は蟹面を知らなかったようだが、千尋はパッと顔を輝かせた。

「金沢おでんの名物です。蟹の甲羅《こうら》に身と内子《うちこ》、外子《そとこ》を詰めて煮るんですよ。東京で食べられる店があるなんて、感激」

恵は思わず笑顔になった。

「お好きですか?」

「はい。友達と金沢に旅行に行って食べました。東京で食べられる店がないか、ネットで調べたんですけど、一軒しか見つからなくて」

千尋は鷲見に頭を下げた。

「ありがとうございます。今日はラッキーだわ」

鷺見は恵に微笑みかけた。

「ママさんのお陰で株が上がったみたいだ」

「とんでもない。日頃のご人徳ですよ」

鷺見と千尋は生ビールの小を注文し、蟹面とお通しの五品全部載せをつまみながら会話を続けた。

顔はアイドル歌手に似ているが、千尋の態度や物腰は、ベテラン看護師らしくさっぱりしていて、嫌みがなかった。めぐみ食堂を気に入ったらしく、お勧め料理を出す頃には二人とも打ち解けて、会話も弾《はず》んだ。

千尋はどうやら、鷺見を嫌いではないらしい。笑顔が自然で、無理をしている感じがない。一緒にいて楽しい相手だと思っているのだ。

恵は千尋をじっと見て、この人なら鷺見とお似合いだと思えてきた。正直で飾り気がなく、頭も良さそうだ。それにベテラン看護師を奥さんに持つのは、老年期に向かう男性としては、さぞ心強いことだろう。

そして、鷺見の方も満更《まんざら》でもないらしい。千尋に好感を持っているようだ。もしかして、二人は……。

いや、まだ早い。男性は一般に、きれいで感じの良い女性と一緒にいるのは、それなりに楽しいはずだ。そうでなければ水商売は成り立たない。鷲見の千尋に対する気持ちが、その場限りで終わるか、より深くなっていくか、見極めるにはもう少し時間が必要だ。鷲見自身、まだ分かっていないだろう。

そうこうするうちに、次々と新しいお客さんが入ってきた。恵が対応に追われているうちに、鷲見と千尋はおでんの最後のひと皿を食べ終えた。

「ごちそうさまでした。お勘定《かんじょう》して下さい」

「ありがとうございました」

恵は代金を受け取って釣《つ》り銭《せん》を渡すと、カウンターから出た。

「今日はどうもありがとうございました。どうぞお気をつけて」

店の外に出て、帰ってゆく鷲見と千尋にお辞儀をした。

頭を上げたとき、はす向かいにある「占い居酒屋　ゑんむすび」からマグノリア麗《れい》と若い女性が出てきた。女性は興奮した様子で麗に何か訴えている。店で何かトラブルがあったらしい。

麗は足を止め、困り切った顔で店を振り返った。すると、男が一人出てきた。年は五十歳前後で、きちんとした格好《かっこう》をしているのに目つきが悪い。あれが麗の夫だろうか。

男が何か言うと、女性はますます激高《げきこう》した。麗が恵に気が付いて、ばつの悪そうな顔で店に引っ込んだ。

恵もそのまま店に戻った。見てはいけないものを見てしまって、いやな気分だった。

十時半を回り、最後のお客さんが腰を上げたところで、真行寺《しんぎょうじ》巧《たくみ》が入ってきた。

「いらっしゃいませ。ちょっとお待ち下さいね」

恵はカウンターから出て、店の外の立て看板の電源を抜き、暖簾《のれん》を外して、入り口に下げた「営業中」の札《ふだ》を裏返して「準備中」にした。

「貸し切りにしたから、どうぞごゆっくり」

恵は、瓶ビールとグラスを出してカウンターに置いた。

「ちょうど良いところに来てくれたわ。実はね、ちょっと調べてほしいことがあるの」

真行寺は「なんだ?」と訊く代わりに黙って片方の眉《まゆ》を上げた。

「ほら、はす向かいの店。『占い居酒屋　ゑんむすび』。あそこの持ち主、どういう素性《すじょう》か知りたいの」

「商売敵《しょうばいがたき》が気になるか」

　恵は首を振った。

「あの店の占い師、前に原宿《はらじゅく》の『占いの館《やかた》』の七階にいた人よ。マグノリア麗。覚えてる？」

　真行寺はほんの少し首を傾《かし》げた。

「さあな。いたような気もするが……思い出せない」

「店のオーナーが彼女の夫なの。他にも何軒かお店をやってるんですって。賃貸業者間の情報網で、調べてもらえないかしら」

「そんなことを調べてどうする？」

「前に、マグノリア麗が店に来たの。どう思う？」

「知るか」

「私とは特別仲が良かったわけじゃないのよ。それに、ここにあの店を出したのは、柳《やなぎ》の下の二匹目《ひき》のドジョウを狙《ねら》ったからだって、はっきり言ってたわ」

　麗の夫は、「流行《はや》っている店の近くに、似たような店をオープンする」というマーケティング戦略にのっとって、めぐみ食堂の近くに占い居酒屋をオープンしたという。

「どうも、彼女は何か悩みがあるみたいなの。自分の力では解決の糸口が見つからないから、私に相談したかったんだと思う。その悩みは十中八九、夫婦関係よ。子供はいないわけだし」

真行寺は大げさに顔をしかめた。

「頼まれたわけでもないのに、余計なことに首を突っ込むなよ。『占いの館』にいたんなら、もういい歳だろう。自分で何とかするさ」

「店が近所じゃなければ、私だって放っとくわよ」

恵は自分のグラスに喜久酔《きくよい》を注《つ》いだ。

「何しろ目と鼻の先でしょ。あそこでトラブルがあったら、うちのお客さまにとばっちりがくるかもしれない。今夜も何か揉《も》めごとがあったみたいで、お客さまが怒ってたし」

めぐみ食堂は、かつて隣の店の出火が原因で全焼した。いくら本人に落ち度がなくても、災難は降りかかってくる。もう二度とあんな思いはしたくなかった。予防線は出来る限り張っておきたい。

真行寺もいくらか思い直したようで、真顔《まがお》になった。

「分かった」

たからだろう。
「ありがとう。お願いします」
恵は、真行寺のグラスにビールを注ぎ足した。
「それで、今日はどんな御用？」
多忙な身で看板間近にわざわざやってきたのは、二人きりで話したいことがあっ
「大輝《だいき》たちに、そのうちスマホを持たせた方がいいと思うか？」
「急に、どうしたの。連絡用の携帯電話は持ってるでしょ」
「いや、取引先で子供のスマホの話が出て……」
商談後の雑談で、取引相手の会社経営者が、息子夫婦が小学生の子供にスマート
フォンを持たせているという話をした。その場にいた者は、真行寺以外は小学生の
子供か孫がいたので、その話で盛り上がった。
「今のご時世だから、愛正園《あいせいえん》でも高校生以上はスマホを持たせるようにしているん
だが、どうやら小学生でも高学年になると、三割くらいはスマホを持っているらし
い」
真行寺も愛正園の出身だった。愛正園には、恩人の尾局《おつぼね》與《あたえ》が多額の寄付をして
いたので、與亡き後は真行寺が今日まで寄付を続けている。だから愛生園で生活す

る子供達は、誠実な職員と潤沢《じゅんたく》な運営資金に守られて、他の児童養護施設に比べれば、かなり恵まれた環境で過ごすことが出来た。

「分からないわ。それぞれの家庭で方針が違うだろうし」

「若い夫婦の場合、家に固定電話がない家庭もあるそうだ。そういう家では子供にもスマホが必要だというんだが……」

真行寺は苦笑《にがわら》いを浮かべた。

「スマホごときで仲間はずれにされたら可哀想《かわいそう》だとは思うが、俺は肩にかけるデカい携帯電話を知ってる世代だから、小学生にスマホというのは、どうも違和感がある」

「私も同じ。でも、時代は変わったのよね」

スマートフォンがあれば、GPS機能で位置情報を確認でき、LINEを使って家族間で密に連絡も取れる。その一方で、危険なアプリやゲームソフトも入ってくる。

「私に訊くより、園長先生と相談したら？」

愛正園の園長は三崎照代《みさきてるよ》という、恵と同年代の女性だ。責任感が強く誠実な人柄で、子供達に愛情を持って接している。真行寺も心から信頼していた。

「そうも思ったが、園長は寄付を受ける立場だ。どうしても遠慮が出るだろう」

恵はちょっとおかしくなった。真行寺は、その気になれば繊細な心遣いが出来るのに、どうして日頃は不愛想《ぶあいそう》で、横柄《おうへい》な態度に終始しているのだろう。このままでは絶対に、愛される年寄りになれない。

「何がおかしい」

「あなた、どうしてへそ曲がりなのかしら」

「生まれつきだ」

真行寺はフンと鼻の先で笑って、財布を取り出した。

「普通は歳《とし》を取ると丸くなるもんだけど、全然よね」

「ジジイは頑固と、昔から相場が決まってる」

真行寺は一万円札をカウンターに載せ、席を立った。

「じゃあな」

そのまま店を出て行こうとして、立ち止まった。

「マグノリアとかいう占い師、本名は何だ？」

恵は力なく首を振った。

「分からない。ずっと麗さんって呼んでたけど、本名かどうか」

占い師同士は、芸名で呼び合うことが多かった。

「ま、いいさ。調べれば分かる」

真行寺が店を出ると、恵は改めてマグノリア麗のことを考えた。若い頃から占い師を続けてきたが、知名度も収入も年々先細りになった。きっと不安と焦燥《しょうそう》に駆《か》られたことだろう。そして逃げ場所を求めて、あの、あまり信用できそうにない男と結婚した……。

恵自身が、愛情故《ゆえ》にではなく孤独故に結婚した過去があるので、内心忸怩《じくじ》たる思いだった。もしあのとき、占いの師であり心の拠《よ》り所《どころ》でもあった尾局與が生きていたら、そんな薄弱な理由で結婚に踏み切ったりはしなかっただろう。しかし、人は拠り所を失うと、往々にして気弱になり、落とし穴にはまったりする。

麗とその夫にどんな経緯《いきさつ》があったのかは知らない。ただ、今の麗が幸せでないことだけは分かる。だが、それは恵には如何《いかん》ともしがたい。真行寺の言う通り、環境を変えたいなら、麗が自分で決断しなくてはならないのだ。

数日後、真行寺から電話があった。

「占い居酒屋のオーナーが分かった。塩田和成《しおだかずなり》という男で、過去に居酒屋とキャバクラを何軒か経営していた。それなりに儲《もう》かっていたが、闇《やみ》カジノの経営に手を出して摘発《てきはつ》され、逮捕された。取り調べの過程で、何人もの女子高生をホステスとして働かせ、その上、淫行《いんこう》に及んだ事実も明らかになった」

塩田は起訴されたが、運良く執行猶予《しっこうゆうよ》が付いた。

「マグノリアと結婚したのもその頃だ。ついでに言うと、あの女の本名は塩田礼《れい》子《こ》、旧姓松尾《まつお》。塩田は結婚後、池袋《いけぶくろ》と新宿《しんじゅく》に居酒屋を何軒か出したが、それほどうまくいってはいないようだ」

「闇カジノってことは、ヤクザとか反社グループと付き合いがあるわけ?」

「当然あっただろう。しかし今はそっち方面とは縁を切ってる……というより、金の切れ目が縁の切れ目で、資金力をなくした塩田は、あの連中には用済みなんだろう」

「色々とありがとう」

恵は通話を切って、ぼんやりと考えた。

もしかして、塩田は闇社会との繋がりを、完全に断つことが出来ないのかもしれない。麗はそれで悩んでいるのでは……。

それも憶測《おくそく》にすぎない。もし麗が悩みを打ち明けてくれたら、力になれるかもしれないのだが、目と鼻の先にいるというのに、あれっきりまったく接触がない。しょうがないわ。こっちから押しかけるわけにもいかないし。

恵は気持ちを切り替えて、開店準備に取りかかった。


二月に入ると、いよいよ冬も真打《しんうち》登場といった感じがする。最近の東京は暖かくなって、真冬でも池に氷が張ったり、水道管が凍《こお》って水が出なくなったりすることはなくなった。それでも、風の強い日は耳がちぎれそうになる。

しかし、おでん屋にとっては冬は大歓迎だった。やはりおでんの本領は、寒い夜に暖かい部屋で鍋を囲んで食べるところにある。だから、どうしても冬の方が売り上げがいい。恵は春から夏に向かう季節が大好きだが、商売を考えると、一番ありがたいのは冬だった。

そのありがたい冬も、四日からは暦の上では春になる。嬉しくもあり、寂しくもありだった。


「こんにちは」

口開けのお客さんは播戸慶喜《よしのぶ》と由子夫婦だった。

「いらっしゃいませ」

恵はおしぼりを差し出し、飲み物を尋ねた。

「僕はハイボール」

「私はウーロン茶で」

由子は、いつも最初の一杯はスパークリングワインを注文するのに、珍しいことだった。

本日の大皿料理は、鶏レバーの赤ワイン煮、エビとブロッコリーの中華風炒め、菜の花のゴマ和え、焼きネギのお浸《ひた》し、卵焼き。

「鶏レバーの赤ワイン煮は初登場かしら?」

「はい。ちょっと目先の変わったものを出そうと思いまして。生姜をたっぷり入れて、甘味はハチミツを使ってるんです。酒の肴《さかな》にもご飯のおかずにもぴったりですよ」

播戸と由子は顔を見合わせて、共犯者のように微笑んで、同時に鶏レバーを口にした。

「本当だ。すごく合う」

「全然臭《くさ》みがありませんね」

「下処理しましたので」

きれいに水洗いしてから血管と筋《すじ》を取り除き、十五分ほど水に浸《つ》ける。余分な血液が浸《し》み出して、臭みやえぐみが消える。

「今度、塩レバーもやってみます」

「塩レバー？」

「下処理したレバーを塩とお酒を入れたお湯で茹《ゆ》でて、仕上げにゴマ油をかけて刻んだ小ネギを散らすんです。これは完全に酒の肴」

「聞いただけで美味しそう。お酒が欲しくなっちゃうわ」

二人はお通しを食べ終わり、壁のホワイトボードを見上げた。

本日のお勧め料理は、鯛《たい》と平目《ひらめ》（刺身またはカルパッチョ）、ふきのとうの天ぷら、白魚《しらうお》と菜の花のガーリック炒め、アサリバター。

「菜の花と白魚って、どっちも春を告げる食材だね」

「私、白魚は卵とじと釜揚《かまあ》げがほとんど。ガーリック炒めって初めてだわ」

「僕も」

「これはもう、炒めるだけだから超簡単です。菜の花のほろ苦さが大人の味ですね」

播戸と由子は額《ひたい》を寄せ合い、すぐさま相談をまとめた。

「鯛の刺身とふきのとう、それとそのガーリック炒め下さい」

播戸はほとんど空《から》になったハイボールのグラスをちらりと見た。

「お酒、何がいいかな」

「開運《かいうん》は如何ですか。万能型の食中酒ですから、お刺身から揚げ物、炒め物まで合いますよ」

「じゃあ、それにしよう。え〜と、一合でグラス一つね」

恵はさすがに気になった。由子は、料理とお酒のペアリングをいつも楽しみにしていたのに。

と、その気持ちを察したように、由子が言った。

「あのね、当分アルコールはダメなんです」

一瞬、その意味を測りかねた。もう少しで「お身体《からだ》の具合でも悪いんですか？」と訊きそうになったが、その前に由子が言い足した。

「妊娠《にんしん》したの。二ヶ月ですって」

「ええええっ！」

思わず頓狂《とんきょう》な声を上げてしまった。

「すごい！　おめでとうございます！」

播戸と由子は嬉しそうに微笑んだ。

「そうですよね。お二人は新婚さんですもの。おめでたはちっとも不思議じゃないのに、うっかりしてました」

「いや、僕も昨日彼女に教えられて、未《いま》だに信じられない思いだよ。僕が父親になるなんてねえ」

「私は、もしかしてと思ってたんですけど、病院でおめでたですって言われたときは、飛び上がりそうになりました」

恵は、カウンターの大皿料理から壁のホワイトボードに視線を動かした。

「でも、それなら今日のメニューは正解でした。おめで《鯛》と、鶏レバーで。確かレバーは鉄分が豊富なので、妊婦さんにお勧めの食材なんですよ」

由子が嬉しそうに頷いた。

「私、家でも赤ワイン煮と塩レバーを作ってみるわ。それで、アルコールが解禁になったら、スパークリングワインで乾杯する」

「僕も出来る限り協力するよ。パスタには自信があるんだ」

由子はクスリと笑いを嚙《か》み殺した。

「パスタを茹でて、市販のソースをかけるだけ。でも、彼、美味しいソースを見つける天才なの」

恵は笑顔で応《こた》えながら、今日の鯛の刺身は店からプレゼントしようと思った。

その夜、七時過ぎに芦川夏美が店を訪れた。藤原海斗が催《もよお》した慰労会《いろうかい》以来だった。一人で連れはない。

「今日、娘が友達の家で試験勉強なの。一人だと夕飯作る気がしなくて」

おしぼりで手を拭きながら言った。どこか表情が冴《さ》えない。

「日頃、仕事と家事でお忙しいんですもの。たまには羽を伸ばさないと、もちませんよね」

夏美がレモンサワーを注文した。

「先月、藤原さんの会の翌日に、鷲見さんが見えたんですよ。お見合い相手の方とご一緒に」

恵は世間話のつもりで言ったのだが、夏美は悪いことをしたかのようにうなだれてしまった。そして、深く溜息を吐いて顔を上げ、すがるような眼で恵を見上げた。

「私、もう鷲見さんに合わせる顔がありません」

「どうなさったんです？」

「実は、堀切さんが電撃結婚なさったんです、別の男性と」

「え？」

夏美は大きく頭《かぶり》を振った。

「もう、信じられません。相談員人生で、こんなことは初めてです」

「どういうことでしょう？」

「堀切さんは同僚の方と、銀座《ぎんざ》の相席ラウンジに飲みに行ったそうです。そのとき相席になった男性と、すっかり意気投合してしまったとか。男性も離婚していて独身だったので、とんとん拍子《びょうし》で話が進んでしまって……」

恵は唖然《あぜん》とした。スピード結婚は若者の特権と思っていたが、考え違いだったらしい。

「本人も『自分でも信じられない』と仰ってましたけど」

「でも、まあ、おめでたいことですよね」

「確かに、カップル成立はおめでたいことです。たとえお相手がうちの会員でなかったとしても。でも……」

夏美は両手をぎゅっと握りしめた。

「あっちゃ……鷲見さんはきっと気を悪くしてます。私だって、鷲見さんと堀切さんはベストカップルだと思ってました。それが、こうもあっさりと崩されると、もう自信をなくしそうです」

「大丈夫です」

恵はきっぱりと断言した。

「誰のせいでもありません。恋は落ちるものなんです。夏美さんが責任を感じる必要はまったくありません」

夏美は弱々しく目を瞬《しばた》いた。

「そう言っていただけるのはありがたいんですが」

「ちっともありがたがることありません。真実ですから」

恵は夏美の方へ身を乗り出した。

「それに、鷲見さんも、夏美さんに責任があるとは、まったく思っていません。だから合わせる顔はいっぱいありますよ」

夏美は救われたような顔になった。

「あなたの為《な》すべきことは、鷲見さんの次の相手を探すことです」

「そうですよね」

夏美はつられたように頷いた。

「堀切さんとはご縁がありませんでしたが、彼女が素敵な女性だったことは事実です。夏美さんの目に狂いはないんです。だから自信を持って、次の相手を探してあげて下さい」

夏美は深々と頭を下げた。

「ありがとうございます。お陰で私も救われました」

顔を上げ、まっすぐに恵を見つめた。

「私、全力で鷲見さんの結婚相手を探します」

夏美の背後で、オレンジ色の光がスパークした。

これは果たして鷲見に繋がるご縁なのか、それとも別の誰かに繋がるご縁なのか。見極めようとしたが、恵には分からなかった。

それから三日後、開店早々に鷲見が店に現れた。

「今日、相談所に行ってきたよ」

カウンターの席に座るなり、鷲見は淡々と言った。

「なっちゃんが別の女性の資料を見せてくれた。気に入ったら、話をしてみないかと」

　そして、ちらりと苦笑を浮かべた。

「堀切さんの話、聞いてるよね？」

「はい。夏美さんからお聞きしました」

「私は良かったと思ってるんだ。彼女、良い人だったから、幸せになってほしい。あ、小生下さい」

　恵はグラスにビールを注ぎながら言った。

「でも、夏美さんは優秀な方ですね。すぐに次のお見合い相手を紹介して下さって」

「うん。今の仕事にやり甲斐《がい》を感じてるからだろうね」

　鷲見は、ビールをひと口呑んでグラスを置いた。

「でも、私は今度のお見合いは断ろうと思う」

「お相手の方が、あまりお気に召さないんですか？」

　鷲見は、はっきりと首を振った。

「そうじゃない。堀切さんも素敵な人だったが、今度の人も素敵だと思った。だから、分かったんだ」

恵は黙って、次の言葉を待った。

「私は、堀切さんと一緒にいても、ときめきを感じなかった。この人と結婚するんだろう、という予感もなかった。亡くなった妻とはあったんだよ。出会ってすぐに、ああ、この人と結婚するんだろうなって感じたんだ」

まだ恋愛感情も生まれる前から、何となく「ああ、この人と結婚するだろう」と感じたという現象は、男女を問わず起こるらしい。

恵が読んだインタビュー記事だけでも、女優の岩下志麻《いわしたしま》は映画監督の篠田正浩《しのだまさひろ》と出会って間もなくそう感じたというし、俳優の中尾彬《なかおあきら》も女優の池波志乃《いけなみしの》にそういう予感があった、と書いてあった。

「今日、なっちゃんに会って、はっきり分かったんだ。私は彼女と結婚したい」

恵は思わず「待ってました！」と叫びそうになった。

「鷲見さん、そのお気持ちはもう伝えましたか？」

鷲見は静かに首を振った。

「正直、自信がないんだ。彼女が私のことをどう思っているか」

いささか気弱になっている鷲見に、恵は声を励ました。

「しっかりして下さい。最初からそんな気弱でどうするんです。まずは当たって砕けろ、ですよ」

「私は彼女より十歳以上年上だし……」

「夏美さんはもう小学生じゃないんですよ。その程度の歳の差は、むしろ頼もしく思えるはずです」

鷲見は救われたような顔をした。

「鷲見さん、勇気を出して告白して下さい。今、決断しなかったら何も始まりませんよ」

鷲見はやっと決意したらしく、はっきりと頷いた。

「分かりました。明日、仕事が終わったら、ちょっと時間を作ってもらって、私の気持ちを伝えてみる」

「そうですね。それがよろしいですね」

恵は胸が熱くなった。播戸夫婦にもやがて第一子が生まれる。良いこと続きで、胸が熱くなった。

「鷲見さん、何でも呑んで下さい。前祝いに、今日はお店からサービスさせていただきます！」

「ありがとう。みんなママさんのお陰だよ」

「いいえ。息子さんのお陰です」

「あ、そうか。奴《やつ》にもまた奢《おご》らないとな」

恵と鷲見は、満面の笑みを浮かべて乾杯した。

五皿目

癖《くせ》になる塩レバー

二月も後半を迎えた頃、開店早々に鷲見敦《すみあつし》がめぐみ食堂を訪れた。

「いらっしゃいませ！」

つい声が弾《はず》んだ。もう芦川夏美《あしかわなつみ》にプロポーズしたのだろうか。そしてその結果は……訊《き》くまでもなかった。鷲見の表情は幸せいっぱいで、背後に灯《とも》る光は輝きを増している。

「おめでとうございます」

「いや、どうも」

鷲見は目尻《めじり》を下げた。

「一緒に乾杯してもらえませんか」

「喜んで。お飲み物は何にしましょうか」

「そうだな……生ビールの小。ママさんは、好きなものを呑《の》んで下さい」

「それではお祝い事にふさわしく、スパークリングワインをいただきます」

「ああ、それはいい。私も同じものにして下さい」

恵《めぐみ》は冷蔵庫からドゥーシェ・シュバリエの瓶《びん》を出し、景気良く栓《せん》を抜いて、二つのグラスに注《つ》いだ。

「乾杯！」

グラスを合わせ、恵はひと息に半分ほど呑んだ。黄金色《こがねいろ》の冷たい液体が、上昇した気持ちの温度を少し下げてくれた。

「で、どんな風にプロポーズなさったんですか？」

「平凡だよ。自分の気持ちを素直に打ち明けて、結婚してくれないかと尋ねた」

「夏美さんはどんな様子でした？」

「最初は驚いてたよ。でもすぐに冷静になって、自分の気持ちを確かめたようだった。そして、私と同じ気持ちだと言ってくれた」

「良かったですね」

お互いに好意を抱《いだ》いていても、結婚に至るまで紆余曲折《うよきよくせつ》を経なくてはならない男女もいる。それを考えたら、素直に気持ちを打ち明け合い、納得して同じ方向を向いた鷲見と夏美は賢明《けんめい》だ。

「お式とか、もうお決まりですか？」

「いや、それはまだ何も。その前に家族同士の顔合わせをしないと。毅《たけし》はともかく、彼女の方は女の子だし、中学生だろう。思春期で感じやすい年頃だから、少し時間がかかるかもしれない」

「ああ、そうでしたね」

全員ではないが、思春期の少女の中には、母親の《女性性》を毛嫌いする者もいる。夏美の娘がそうでないといいのだが。

「娘さんに反対されたら、どうなさいますか?」

「説得する」

鷲見はきっぱりと答えた。

「納得してくれるまで、何度でも、時間をかけて。必要とあれば二年でも、三年でも待つ。私はなっちゃんと、人生の残り時間を一緒に生きてゆきたいと思ってる。それは、なっちゃんの娘さんが大人になるまでの時間より、多分ずっと長い。それに気が付けば、きっと賛成してくれると信じている」

鷲見の言葉は、恵の胸に深く響いた。夏美を本気で愛していなければ、こんな言葉は出てこない。義理とはいえこんな父親がいれば、夏美の娘にとっても、きっと大きな助けになるだろう。

「夏美さんも娘さんもお幸せですね。鷲見さんのような方の家族になるんですから」

「そうなるように、私も願ってます」

そのとき、新しいお客さんが入ってきた。

「こんにちは」

織部豊《おりべゆたか》と杏奈《あんな》夫婦だ。杏奈はカウンターのフルートグラスを目ざとく見つけて、席に着くなりスパークリングワインを注文した。

「僕は小生ね」

豊は大皿料理を端《はし》から眺《なが》めている。

恵は鷲見の話に気を取られ、まだお通しを出していなかったことに気が付いた。

豊と杏奈に飲み物を出してから、三人分を大皿から取り分けた。

今日の大皿料理は、新作の塩レバー、野沢菜《のざわな》とジャコのゴマ油炒《いた》め、レンコンのキンピラ、サツマイモのレモン煮、デビルドエッグ。

「このレバー、美味しいすね」

豊がレバーを頬張《ほおば》って目を丸くした。

「ホント。臭《くさ》みがなくて、めちゃお酒に合う」

「下処理してあるんで、臭みがないんですよ。赤ワイン煮が好評だったんで、塩レバーもやってみました」

答えながら、ふと播戸由子《ばんどゆうこ》の顔が頭をよぎった。母子共に順調だろうか。家で塩レバーを作っているだろうか。

「そういえば向かいの占い居酒屋、週刊誌に出てたわよ」

サツマイモのレモン煮を箸《はし》でつまんで、杏奈が言った。

「『週刊レディ』の今週号。相席ラウンジ特集で、あの店も紹介されてた」

「それで、店の前にお客さんが並んでたのか」

「繁盛《はんじよう》してくれれば何よりです。あの店の占い師、私の昔の知り合いなんですよ」

「あのタロット占い師が？」

杏奈が頓狂《とんきよう》な声を上げたので、豊が怪訝《けげん》な顔をした。

「知ってるの？」

「一度行ったことがある。瑠央《るお》さんと」

「物見高《ものみだか》いな、二人とも」

豊は呆《あき》れたような口調で言った。

「女の人って占い好きだから、客寄せにはひと役買ってると思うわ。瑠央さんも《占い居酒屋》ってフレーズに興味があって、一緒に行ったの。そしたら相席ラウンジだったってわけ」

豊が恵に訊いた。

「そのタロット占いの人、当たるんですか？」

「まああってとこですね。百発百中じゃないけど、インチキでもない。冷やかしで聞く分には面白いですよ」

「私、良いことは信じる、悪いことは信じない」

「それが正しい占いの利用法です」

恵は笑顔で答えたが、心の中では尾局與《おつぼねあたえ》のことを思っていた。

與はまさに百発百中の占い師だった。それは、生まれながらに備わった不思議な力によるものだ。政財界の大物を何人も顧客に持って、経済的には恵まれたが、そういう力を与えられた人間は消耗《しょうもう》が激しい。與も早死にしてしまった。恵が以前持っていた力を失ったのは、もしかしたら不運ではなく幸運だったのかもしれない。

「鯛《たい》の刺身と青柳《あおやぎ》のぬたを下さい」

鷲見の声で恵は我に返った。

「はい。お飲み物は如何《どう》なさいますか？」

「そうだな。やはり日本酒をもらおうか」

「雪《ゆき》の茅舎《ぼうしゃ》があります。万能型で鍋物《なべもの》にもよく合うお酒ですけど、活き活きした酸味があるので、新鮮な魚介にもお勧めです」

「それにします。酒も料理も縁結びも、ママさんの目に狂いはない」

鷲見の言葉に、豊と杏奈も微笑を浮かべた。

「私達もお勧め頼もうか」

杏奈が目を上げて、壁のホワイトボードを見た。

本日のお勧め料理は、鯛と平目《ひらめ》（刺身またはカルパッチョ）、青柳のぬた、ふきのとうの天ぷら、白魚《しらうお》の卵とじ、ハマグリと菜の花のクリーム煮。

「この店でクリーム煮って珍しいね。これは決定」

「ふきのとうと青柳も頼もう。春って感じがする」

「ママさん、鯛と平目、刺身とカルパッチョのハーフ&ハーフでお願い出来る？」

「はい、かしこまりました」

二人で来るお客さんは料理をシェアするので、注文の品数も多くなる。店としてはありがたいことだった。

「お酒、どうする？」

豊が杏奈に尋ねた。

「私はスパークリングのままでいく」

「じゃあ、僕はママさんのお勧めを一合」

「雪の茅舎でよろしいですか？」

「うん。何となく名前がロマンチックだな」

やがて次々にお客さんが入ってきて、店は満席になった。

鷲見はおでんをひと皿食べ終わると、勘定《かんじょう》を頼んだ。

「ありがとうございました」

「今度、また彼女を連れてきますよ」

「はい。お待ちしています」

恵はカウンターの中で一礼し、鷲見を見送った。

そのときだった。鷲見に向かって煙のような黒い空気が吹き付けた。

なに、これ？

目の錯覚《さっかく》かと思ったが、そうではなかった。煙は鷲見の肩のあたりにまとわりついて、離れない。

「す……」

呼び止めようと声を上げかけたが、鷲見はすでに店を出てしまった。

事故か病気か天災か、あの黒い空気の正体は分からない。だが、鷲見に災難が迫っていることは確かだった。

ああ、どうしよう。災難が何か分からないと、忠告のしようがない。でも、このままでは、鷲見さんは絶対に厄介《やっかい》なことになる。どうしたらいいの？

「ママ、ビールもう一本ね」

正面のお客さんが空《から》になったビール瓶を指さすと、端にいたお客さんも中ジョッキを掲《かか》げた。

「こっちは中生、お代わり」

「はい、ただいま」

恵は意識を現実に引き戻し、お客さんの応対に励んだ。

その日も盛況で、いつもなら気持ちが弾むのだが、鷲見のことが気になって、ややもすれば表情が暗くなったらしい。お客さんから「何か心配事でもあるの？」と訊かれてしまった。

これじゃ女将《おかみ》業は失格ね。

反省しつつ、忙しく立ち働いた。十時半を過ぎる頃には、お客さんは次々と席を立ち、みんな帰っていった。

閉店にしようとカウンターを出ようとしたところで、入り口の引き戸が開いた。

「二人、いい？」

引き戸から顔を覗《のぞ》かせたのは、笠原蓮《かさはられん》だった。後ろには碇南朋《いかりなお》が立っている。

「はい、どうぞ。十一時過ぎで閉店なんですけど、よろしいですか？」

「大丈夫。長居しないから」

二人はカウンターの席に腰を下ろした。

「日本酒。雪の茅舎二合。グラス二つね」

二人は前の店ですでに呑んできたらしい。蓮は、少し呂律《ろれつ》が怪しくなっていた。

「ごめんなさい。お通しもお勧めも売り切れで、おでんだけなんですよ」

恵がデカンタとグラスを二人の前に置くと、碇が胸の前で片手を振った。

「かまいません。結構腹いっぱいなんで。ただ、笠原がどうしてもここへ寄っていきたいって言うんで」

「それはどうも、ありがとうございます」

恵はお礼を言いながら、お通し代わりに大根を皿に取って出した。

「これ、お店からサービスです。つまんないものですけど」

「いや、ありがとうございます。おでんの大根、一番好きです」

碇は軽く頭を下げて、割り箸を手にした。

蓮は、グラスを傾けてひと息で呑み干すと、恵の顔を見た。

「ねえ、ママさん、私って男運悪いの?」

「どうなさったんですか、急に」

蓮は、がばっとカウンターに突っ伏した。

「だって、好きになると必ずフラれるんだもの。今度の手嶋《てじま》だってさあ……」

「マラソンの選手です。ファンだっていうから、この前紹介してやったんです。合コンセッティングして」

碇が代わって説明した。

「そしたら、話しかけても暖簾《のれん》に腕押しっつーの、全然無反応なの。タイプじゃないって見え見え」

蓮は、言葉を切って身体《からだ》を起こし、グラスに酒を注いで再びひと息で呑み干した。

「それは好みの問題だからしょうがないけど、大人なんだからさあ。もうちょっと礼儀とか社交とか、あるじゃない」

「手嶋は男子校出身で、陸上ひと筋だから、女の子との付き合い方が分かんないんだよ」

「そんなこと言ったって、高校生じゃないのよ。もう三十じゃない」

「東京マラソンも控えてるしさ。余裕ないんだよ」

同情を顔に浮かべて話を聞きながら、恵はふと、気になったことを口に出した。

「あのう、マラソンって、ピークの年齢はいくつなんですか？」

「マラソンは割と幅広くて、男子は十九歳から三十七歳あたりと言われてます。三十代でベストの記録を出す選手も多いですよ」

「それじゃ手嶋さんという方も、オリンピックを狙《ねら》えるわけですね」

「可能性は十分です」

「なるほど。合コンに身が入らないわけですね」

蓮はまだ憮然《ぶぜん》として酒を呷《あお》っていた。

「笠原さん、素人《しろうと》考えでも、アスリートと付き合うのは大変ですよ。だってみんな食事の管理とかしてるんでしょ」

恵は昔、サッカー選手の川口能活《かわぐちよしかつ》の雑誌インタビューを読んで、その食事管理の厳格さに驚愕《きょうがく》したことがある。アルコールはもちろん、炭酸飲料や菓子類も口にせず、肉の脂身《あぶらみ》やマヨネーズもダメで、卵は白身だけ食べると言っていた。「現役を引退したらプリンをいっぱい食べたい」という件《くだり》を読んで、アスリートでなくて良かったと、心の底から思ったものだ。

川口能活ほどではなくても、トップアスリートはみんな、体重管理と栄養管理には気を遣《つか》っているはずだ。気楽に居酒屋でデートして、酒と料理を楽しむわけにはいかないだろう。

「そうだよ、笠原。焼肉屋でカルビ食ってビールがぶ呑みなんて、現役引退するまで出来ねえぞ。お前、焼き肉好きだろ?」

蓮は力なく頷《うなず》いた。

「男と焼き肉、どっちを取る?」

「両方」

「焼肉にしとけ」

蓮は再び恵を見つめた。

「ママさん、私、どうしたらいいと思う?」

「婚活すればいいと思います」

「今だって婚活してるわよ。合コンに行ったり」

「恋を求めるなら合コンも結構ですけど、真剣に結婚を考えていらっしゃるなら、私は結婚相談所をお勧めします」

蓮は胡散臭《うさんくさ》そうな顔をした。

「前に笠原さんが番組で取材した、藤原海斗《ふじわらかいと》さん。あの方が経営している結婚相談所は、ＡＩを活用して良い成果を出しています。そこに入会して良縁に恵まれた方も、何人か存じ上げています。一度真面目《まじめ》に検討なさっても、損はないと思いますよ」

「そうだよ、笠原。試してみて損はないよ」

むしろ碇の方が乗り気になった。

「あんたまで急にどうしたの」

「いや、考えてみたら俺《おれ》らの仕事って時間不規則だし、出会いはあるようでないし、結婚できない可能性、結構あると思ってさ」

碇は腕組みして、眉間《みけん》にシワを寄せた。

「今はまだ余裕かましてられるけど、あと十年経《た》ったら四十だろ。お前、きっと焦《あせ》るよ」

「それまでには何とかなってるわよ」

「お前さあ、これまでに持続可能《SDGs》なカレシをゲット出来なかったのに、この先そう簡単に見つかると思う？」

碇はずけずけ言いたい放題言っているようだが、本気で蓮のことを心配しているのが感じられた。

「『俺は出来ないんじゃない。本気出してないだけ』なんつってる奴《やつ》は、一生本気出せないんだよ。ここでなりふり構わず婚活に邁進《まいしん》しなかったら、お前、後悔するぞ」

「碇、どうして今日に限って人が動揺するようなことばっか言うの」

「自分のこと考えたら怖くなったんだよ。あと十五、六年のうちに結婚できなかったら、多分俺は一生独身のまま終わると思う。一人暮らしでぽっくり死んだら、新聞に孤独死って書かれるんだ」

「そんな、決めつけなくても」

「じゃあ聞くけど、笠原の周りに五十近くになって初めて結婚した男って、いるか？」

蓮は首をひねったが、答えは出なかった。

「いないだろ。五十過ぎて結婚する男はみんな再婚だよ。だから俺もあと十五年が勝負ってわけだ」

「碇さんの仰《おつしや》る通りです」

　恵は思わず口を出した。

「一度結婚した人は、いくつになっても再婚が可能です。特に女性の場合は。でも独身のままある年齢を超えてしまうと、結婚が難しくなってしまうんです」

「どうして？」

　蓮も真剣な表情になった。

「不思議ですねえ。類は友を呼ぶというけど、結婚も結婚を呼ぶんでしょうか」

　蓮も碇も笑わなかった。

「これは私の独断ですけど、一度結婚を経験したことで、結婚と親和性が生まれるのかもしれません。言い換えれば、初婚より再婚の方がハードルが下がるんじゃないでしょうか」

「何となく分かる気がする。未知との遭遇《そうぐう》より既知との遭遇だな」

　蓮は、「バカね」とでも言いたげに顔をしかめてから、恵の方に顔を向けた。

「ねえ、ＫＩＴＥの藤原社長、独身なのよね」

「そのようですね」

「どうして結婚しないのかしら。大金持ちで超イケメンで、おまけに結婚相談所まで経営してるのに」

「本当ですね。気を揉《も》んでる女性が沢山いるでしょうに」

「ゲイなの？」

「さあ、私は存じません。ただ、主義として結婚しない男性もいますから、藤原さんもそうなのかもしれませんね」

海斗が結婚しないのは、人間の女性に愛情を抱くことが出来ず、AI搭載のホログラムに「アヤ」と名付けて、恋人にしているからだった。そして真行寺《しんぎょうじ》巧《たくみ》が結婚しないのは、多分主義だろう。

「差し当たり、お前、その結婚相談所に入会してみれば？」

碇の勧めを、今度は蓮も拒《こば》まなかった。

「……そうねえ」

恵は二人の方にわずかに身を乗り出した。

「もし笠原さんお一人で心細かったら、碇さんもご一緒に入会されたら如何《いかが》ですか」

「俺が？」

碇は自分の顔を指さした。

「はい。結婚について前向きでいらっしゃることは、先ほどのお話でよく分かりました。それなら今から婚活を始めても、決して早すぎることはありません。むしろ、お若い方が有利です」

「ホントですか？」

恵は力強く頷いた。

「結婚相談所に入会される方は、男性の場合三十代半ば以上の方が多いんです。碇さんは三十歳。モテますよ」

「へへへ。人生初のモテ期到来」

蓮はまたしても大げさに顔をしかめてみせたが、碇の参加を決して嫌がってはいなかった。

「お二人とも、頑張って良いご縁を結んで下さい」

「はい、頑張ります！」

蓮と碇は揃《そろ》ってファイティングポーズを取った。

恵はかつて、独身の織部豊と杏奈に、海斗の経営するＡＩ結婚相談所に入会を勧めた。二人はそこで紹介された価値観の合う見合い相手ではなく、まったく価値観の合わないお互いに惹《ひ》かれ合って結婚した。

蓮と碇がそれぞれ良い結婚相手と巡り合えるか、あるいは豊と杏奈のように恋に落ちてしまうか、それは分からない。だが恵の知る限り、これまで海斗の結婚相談所に入会した人は、それぞれ幸せになっている。蓮と碇にも良い結果が期待できるだろう。

それにしても気になるのは、鷲見にとりついた暗雲だった。きっと何か悪いことが起こる。それを考えると、恵は居ても立ってもいられない気持ちになるのだった。

翌週の月曜日、恵は開店準備のため、午後四時過ぎにしんみち通りにやってきた。

すると、シャッターの閉まっためぐみ食堂の前に、青年が立っていた。鷲見毅だ。恵の姿を見つけるなり、小走りに駆《か》け寄ってきた。顔面蒼白《そうはく》で顔が引き攣《つ》っている。

ただならぬ様子に、恵も緊張した。

「毅さん、どうしたの？」

「ママさん、親父《おやじ》が……親父が痴漢《ちかん》で逮捕された！」

「ええっ⁉」

まったく予想もしていない言葉だった。鷲見が痴漢をするなど、宇宙人にさらわれたと言われるのと同じくらいありえないことだ。

「そんな、バカな」

「僕もそう思うよ。でも、本当なんだ」

毅は途方に暮れて、今にも泣き出しそうだった。

「とにかく、中に入りましょう」

恵は急いでシャッターを開け、毅を店内に引き入れた。

「落ち着いて、最初から話して」

椅子《いす》にかけさせ、ウーロン茶を出した。毅は喉《のど》を鳴らして一気に飲むと、やっと人心地が付いたのか、いくらか落ち着きを取り戻した。

「親父は今日、朝一で得意先の会社へ行く用事があって、埼京線《さいきょうせん》に乗ったんです。そしたら……」

通勤ラッシュで埼京線は混雑していた。電車が新宿《しんじゅく》駅で停車した途端《とたん》、隣に立っていた中学生くらいの少女がいきなり鷲見の手を摑《つか》み、「痴漢！　この人痴漢です！」と叫んだ。突然のことで訳が分からないまま、鷲見はその手を振り切ろうとした。すると周囲にいた乗客が「逃げるな！」と押さえにかかり、鷲見は強引にホームに降ろされ、駅員に引き渡された。

駅員室で事情を聴かれたが、鷲見は身に覚えがないので否定し続けた。一方の少女は、何度も痴漢に遭《あ》っているし、この人だと主張して譲《ゆず》らない。駅員が警察に通報すると告げたので、鷲見も知り合いの弁護士に連絡して、救援を求めた。

鷲見は到着した警察官に任意同行を求められ、新宿署の留置所に収監された。弁護士は新宿署に駆けつけて鷲見と接見《せっけん》し、身柄拘束は不当だとして準抗告《じゅんこうこく》を申し立て、釈放《しゃくほう》を求めたという。

「今のところはそこまでしか分かりません。弁護士の先生は僕に電話してくれて、必ず二十四時間以内に釈放させるって言ってくれました。だから、待つよりしょうがないんですけど、もう考えると頭が変になりそうで……」

毅は頭の毛を掻《か》きむしった。

「よりによって、どうして親父が痴漢になんか間違えられたんだろう。絶対にそんなことするわけないのに」

「同感です。濡《ぬ》れ衣《ぎぬ》に決まってます」

「ママさん、僕は女の子が嘘《うそ》をついてるんだと思います」

　毅は思いつめた顔で言った。

「前に何かで読んだんですけど、痴漢の濡れ衣を着せて、お金を脅《おど》し取った女子高生グループの記事。今度もそれだと思うんです。女子高生のやることは女子中学生もやりますよ」

「それは、ありそうな話ですね」

「ママさん……」

　毅はすがるような眼になった。

「ママさんなら分かるんじゃないですか。その子が嘘をついてるかどうか」

　話しながら、カウンターに置いた両手が小刻みに震えた。

「その子に会って、嘘を暴《あば》いて下さい。親父の無実を証明して下さい。お願いします」

　恵は毅が気の毒でたまらなかったが、それは出来ない相談だった。

「残念だけど、それは無理よ。私はその子が誰か知らないし、たとえ嘘を見抜いたとしても、相手はそれを認めないと思うわ」

「でも、このままじゃ、親父は痴漢の濡れ衣を着せられてしまうんです。そんなの、あんまりです」

毅の目が涙で潤《うる》むのを見て、恵は胸に針を刺されるような痛みを感じた。

「毅さん、まずは弁護士さんにお任せしましょう。必ず二十四時間以内に釈放させるって言ってくれたんでしょう。なかなか腕の良い方だと思うわ」

「……はい」

恵はレジ脇の抽斗《ひきだし》から店の名刺を取り出し、毅に渡した。

「何か進展があったら電話してもらえるかしら。法律のことは無理だけど、私でも何かお役に立てることがあるかもしれないわ」

毅は肩を落とし、力なく頷いた。

それにしても、鷲見に降りかかってくる災難の正体が痴漢の冤罪《えんざい》とは、まったく想像の外《ほか》だった。鷲見の力になりたいのは山々だが、これでは、どうやら恵の出る幕はなさそうだ。ここは弁護士に任せるしかない。

恵は自分の無力が情けなかった。

翌日、昼過ぎにスマートフォンが鳴った。画面を見ると電話番号が表示されて名前がない。もしかしたら、毅かもしれない。

「はい、もしもし」

スマートフォンを耳に当てると、毅の声が飛び込んできた。

「ママさん、親父が釈放されました！」

「良かった！　おめでとうございます！」

「ちょっと待って下さい、代わります」

ひと呼吸おいて、鷲見の声が聞こえた。

「この度《たび》はご心配をおかけしました」

「鷲見さん、災難でしたね。お気の毒です」

鷲見の声はすっかり精気を失っていた。精神的に大きなダメージを受けたことが、顔を見るよりダイレクトに伝わってきた。

「それで、ご迷惑とは思うのですが、どうしてもご相談したいことがあります。今日、お店を開ける前に一時間ほどお時間をいただけないでしょうか。弁護士さんと息子と、三人で伺います」

「分かりました。私でお役に立てることでしたら、協力させていただきます」

恵は通話を終わり、スマートフォンを握ったまま考えた。鷲見は釈放されたが、災難はこれで終わりではない。もし無実が証明されず、起訴されるようなことがあれば、これから先も、風評被害という厄介ごとが続くのだ。鷲見の名誉と信用は崖《がけ》っぷちに立たされている。どうしたら、無事に回復できるのだろう？

午後、恵はいつもより一時間早くめぐみ食堂に赴《おもむ》き、鷲見たちを迎える前に開店準備を済ませた。

五時ピッタリに鷲見と毅、そして弁護士バッジを付けた四十歳くらいの男性が店を訪れた。

「初めまして。弁護士の辻《つじ》と申します」

辻は名刺を差し出し、折り目正しく頭を下げた。「六角法律事務所　弁護士　辻宏」と印刷してある。背が高く、たくましい体つきなのが、背広姿からも窺《うかが》われた。筋トレでもしているのだろうか。

「どうぞ、お掛け下さい」

来客三人にカウンターの席に座ってもらい、恵は中に入って向き合った。

「困ったことになりました」

鷲見はすっかり憔悴《しょうすい》して、精《せい》も根《こん》も尽き果てたようだ。

「被害者の中学生は、芦川糸《いと》という子です」

「芦川？」

「夏美さんの娘です」

「ええっ！」

恵は、注いでいたウーロン茶をこぼしそうになった。

「会ったことはありませんが、夏美さんに写真を見せられて顔は知っていました。向こうは私のことは知らないでしょうが、あの日、埼京線で偶然同じ車両になって……。混んできたのでたまたま近くに立つことになってしまって。それが裏目に出てしまった」

鷲見はがっくりと肩を落とした。辻が後を引き取って説明を続けた。

「昨日、被害者のお宅に伺いました。お母さんが仰るには、娘さんはひどいショックを受けていて、示談に応じる気はないとのことでした」

「示談って……鷲見さんは身に覚えがないんでしょう？」

黙ってうなだれる鷲見に代わって、辻が説明した。

「痴漢と盗撮事件の場合、示談が成立しているかいないかは、検事が起訴か不起訴かを判断する重大なポイントなんです。示談が成立していない場合は、起訴されて、略式裁判で罰金刑が言い渡されます」

略式裁判とは、裁判所で正式裁判を行わずに量刑《りょうけい》を言い渡す形式を言う。

「辻先生に聞いたけど、痴漢で逮捕されると、最大二十三日も警察に勾留《こうりゅう》されるんだって。一日で釈放されて、親父は運が良かった」

痴漢で逮捕された場合、警察の留置所に収監され、最大七十二時間留置される。その間に事件は検察庁に送られ、検察官が最大十日間の勾留を裁判所に請求し、裁判官が認めれば決定する。さらに十日間の勾留延長が認められることもある。

つまり、最大で二十三日間、警察に身柄を勾留されるのである。

しかし、罪を認めて示談が成立すれば、その場で釈放される場合もある。示談金の相場は、三十万円から五十万円と言われている。五十万円を選ぶか、二十三日間の勾留を選ぶかと言われれば、どうしても軽い方を選びたくなるのが人情だ。だから、たとえ無実であっても、痴漢事件を裁判で争う人は少ない。

鷲見は顔を上げ、弱々しい声で訴えた。

「私はまったく身に覚えがありません。どうにかしてそれを証明したいんです」

「お気持ちはよく分かります」

辻は同情を込めて頷いたが、続く言葉は厳しかった。

「私も、鷲見さんのお人柄《ひとがら》はよく存じています。私どもの事務所は二十年以上、財務管理をお願いしているのですから。鷲見さんは絶対に無実です。これは冤罪ですし、私もできる限りのことはしますが、無実を証明するのは至難《しなん》の業《わざ》なんです」

辻は苦々《にがにが》しげに唇《くちびる》をゆがめた。

「あることの証明は可能です。しかし、ないことの証明は、『悪魔の証明』と言われているんです。やったことは証明できますが、やっていないことを証明するのは、ほとんど不可能なんです」

鷲見はなおも弱々しく首を振った。

「でも、無実を証明できなければ、私は夏美親子に痴漢と思われてしまうんです。そんなことはとても耐えられない。たとえ法律上の証明は無理だとしても、夏美と娘さんには、私が痴漢なんかしていないことを分かってもらいたい」

「ただ、もし示談が成立しなくても、私は鷲見さんは不起訴になる可能性が大きいと考えています」

辻は、毅と恵を交互に見た。

「痴漢という犯罪は常習性があるので、それまでまったく痴漢行為をしたことのない人が、つい出来心で……というのは少ないんです。鷲見さんの人柄や経歴、本人があくまで犯行を否認している状況から鑑《かんが》みて、検察官が不起訴処分の判断を下す可能性は大です」

「不起訴と無罪は違います」

鷲見はかたくなに言い張った。

「私は夏美親子に分かってもらいたいんです」

鷲見の言葉を、辻は明らかに持て余し気味だった。恵は見かねて口を挟《はさ》んだ。

「あのう、私が夏美さん親子にお目にかかって、お話しさせていただきましょうか」

毅が待ちかねたように身を乗り出した。

「お願いします！ ママさんなら、何か分かるかもしれない」

そして、辻に向かって訴えた。

「先生、昨日お話しした通り、このママさんには不思議な力があるんです。普通の人には見えない手がかりを見つけてくれるかもしれない。親父の無実に繋《つな》がる何かを、摑めるかもしれない」

辻は少し胡散臭そうに恵を見たが、鷲見はハッとした顔になった。

「そうだ。ママさんなら出来るかもしれない。夏美に私の本心を伝えて下さい。お願いします」

安請《やすう》け合《あ》いして鷲見親子を落胆《らくたん》させるのは嫌だったが、この場合、断る気にはなれなかった。

「出来る限りやってみます。だから、どうぞ気をしっかり持って、普段の生活に戻って下さい」

「ありがとう」

鷲見と毅は揃って深く頭を下げた。鷲見の身体がひと回り小さくなったように見えて、恵はまたしても胸が痛んだ。

三人が帰ってから、恵は鷲見に教えられた夏美のスマートフォンの番号に電話してみた。夏美が応答するまで少し間があった。見知らぬ個人番号からかかってきた電話に、不審を感じたのかもしれない。

「突然すみません。めぐみ食堂の玉坂です」

「まあ……」

夏美の声も沈んでいた。恵は間を置かずに用件を切り出した。

「実は、鷲見さんの件でお話ししたいことがあるんです。夏美さんとお嬢さんとご一緒に、お目にかからせていただけませんか？」

夏美はしばらくためらっていたが、最後には承知した。

「実は、娘はショックを受けて、学校を休んでいるんです。私も娘が心配で、昨日、今日と仕事を休みました。明日は午後から出勤する予定です。申し訳ありませんが、午前中しか時間が取れません」

「分かりました。それでは午前中にお伺いします。時間は何時頃がよろしいですか？」

翌日の午前十時に、夏美の自宅を訪ねることになった。

夏美の住まいはJR十条《じゅうじょう》駅から徒歩十分ほど、都道本郷赤羽《ほんごうあかばね》線から入った細い通り沿いにある、こぢんまりしたマンションだった。

オートロックを通り、エレベーターで三階に上がると、廊下に夏美が立っていて、深々と頭を下げた。

「遠いところをわざわざすみません」

「いいえ。こちらこそお宅まで押しかけて、恐縮です」

ワンフロア五室で、夏美の部屋は三〇二号室だった。

「お邪魔します」

2LDKの何の変哲もない部屋だが、きちんと片付いていた。

夏美の娘の糸は、ジャージ姿でリビングダイニングの椅子に座っていた。夏美とはあまり似ていないが、可愛《かわい》らしい顔立ちだった。まっすぐ人を見る目に、意志の強さが感じられた。

「突然お邪魔してごめんなさい」

恵が挨拶《あいさつ》すると、糸は黙って首を振った。

ひと目見た瞬間に、恵は、糸が嘘をついていないと確信した。嘘をついて人を陥《おとしい》れたり、ましてや強請《ゆすり》を働くような邪心《じゃしん》は、みじんも感じられない。真面目で正直な性格だと分かった。

「いやなことを思い出させてごめんなさい。でも、もう一度事件に遭ったときのことを話してもらえないかしら」

恵はそこで切り札《ふだ》を出した。

「実は、私は十五年ほど前まで占い師をやっていたの。その頃は目に見えないものが見える力があって、人間の過去と未来が見えたわ。今はもうそんな力はないけど、でも、ほんの少し残ってる。あなたがこの先、災難に遭わないように、どうやったら危険を避けることが出来るか、お母さんに相談されたの」

糸はびっくりして夏美の顔を見た。夏美も内心は困惑しているはずだが、しっかりと頷いて、話を合わせてくれた。

「ママはお店で、玉坂さんに秘密を言い当てられたことがあるの。解決方法も教えてもらった。お陰ですごく助かったわ。だから、糸ちゃんのことも相談したのよ」

糸は戸惑《とまど》いながらも、いくらか恵に心を開いたようだ。ほんの少しだけ、表情に親しみが宿った。

「十条駅から埼京線に乗りました。学校は原宿《はらじゅく》にあるんです。そうしたら池袋《いけぶくろ》を出たあたりで、誰かがお尻《しり》を触《さわ》ってくるんです」

それは初めてではなかった。年が明けてから、何度か同じ被害に遭っていたのだ。

糸はドア付近に立っていて、周囲は男性に囲まれていた。振り返って相手の顔を見ようとしたが、ほとんど身動き出来ない状態で、姿勢を変えることは出来なかった。

電車が進むにつれ、痴漢行為はどんどんエスカレートしてきた。

これまで恐怖と羞恥《しゅうち》で声を上げられなかったが、この日は遂《つい》に限界点を超えた。

「私、たまらなくなって、新宿駅に着いた途端に痴漢の手を摑みました。大声で叫んだら、相手は振り切って逃げようとしたので、近くにいた人が取り押さえて、ホームで駅員さんに引き渡してくれました」

それから駅員に事情を聴かれ、駆けつけた警官に新宿署への同行を求められ、そこでまた同じ質問をされた。しばらくすると母が迎えに来てくれて、一緒にマンションに帰ってきた。

「ありがとう。よく話してくれました」

糸の話は一貫性があって正確だった。作り話とは思えない。同時に、糸が痴漢の顔をはっきりと見ていないことも分かった。背後に回した手で、痴漢らしき人間の手を摑んでいるのだ。

「正直、もう二度と痴漢に遭わないという保証はできないわ。通勤ラッシュの埼京線、すごい混雑でしょ」

糸はがっかりした顔をした。

「一つだけ予防策があるとすれば、朝だけは女性専用車両に乗ること。普通車両より空《す》いてるしね」

「分かりました」

恵に答えてから、夏美を見て言った。

「あれ、一番前にあるから乗りにくい」

「これからは一分早く家を出て、一番前の女性専用車両に乗るのよ」

「うん」

「ママは玉坂さんを送ってくるから」

夏美は目顔《めがお》で恵を表に促《うなが》し、廊下に出るとすぐに尋ねた。

「何か、分かりましたか？」

「お嬢さんは、正直に本当のことを話しています」

「それは分かってます」

じれったそうに頭《かぶり》を振った。

「そうじゃなくて、鷲見さんの無実の、手がかりになりそうなことが、何か」

「夏美さんは、鷲見さんが痴漢なんかしていないと思うんですね」

「当たり前です。絶対に間違いです。あっちゃんはそんな人じゃありません。私は小学生のときから知ってるんです」

「それを聞いたら鷲見さん、安心されますよ。夏美さん親子にだけは、自分が無実であることを分かってほしいって、そう仰ってました」

夏美は目頭《めがしら》を押さえ、洟《はな》をすすった。

「私は信じてます。でも、娘はあの人が痴漢だって信じてるんです。もう、どうしていいか分からなくて」

「鷲見さんと婚約なさったことは、お嬢さんに話しましたか？」

「まだです。だから、娘はあの人のことを知りません」

それは不幸中の幸いと言うべきかもしれない。母の婚約者が痴漢ということになったら、親子関係まで傷ついてしまう。

「夏美さん、はっきりとはお約束できませんが、私は鷲見さんの無実を証明するために、出来る限りやってみます」

夏美の目がきらりと光った。

「本当ですか？」

「全力を尽くします」

「ああ、良かった……」

こらえていた涙が、夏美の瞼《まぶた》からこぼれ落ちた。

それを見ると、何としても鷲見親子と夏美親子の未来を壊してはならないと、闘志が湧《わ》いてきた。

その夜、閉店間際《まぎわ》にふらりと訪れたのは、邦南《ほうなん》テレビのプロデューサー江差清隆《えさしきよたか》だった。

「ああ、良かった。来てくれないかと思ってたの」

「どうしたの、いきなり持ち上げて」

「ま、とにかく座って」

恵はカウンターから出ると、表の立て看板の電源を切り、暖簾を外《はず》して、「営業中」の札を「準備中」に裏返した。

「はい。これで今夜は貸し切り。お飲み物は？」

「とりあえずビール。小生」

恵はサーバーから生ビールをジョッキに注ぐと、自分用のグラスに瓶に残っていたスパークリングワインを注いだ。

乾杯してビールで喉を湿《しめ》すと、江差は後ろを振り向いた。

「あの占い居酒屋、ヤバいことになるかもしれない」

「どうしたの？」

「うちの番組にタレコミがあった。相席になった男にストーカーされたって訴える女性客が何人か出たらしい」

「まあ。それ、同じ男？」

「詳《くわ》しいことはまだ、調べてみないと」

江差はもう一度ジョッキを取り上げて、にやりと笑った。

「で、俺に何の相談？」

「分かる？」

「そりゃあね。用もないのに待たないでしょ」

「お客さまが痴漢で逮捕されたの。もちろん冤罪よ。しかも被害者はなんと、婚約者の娘」

「ドラマみたいだなあ」

恵は、鷲見の事件を話して聞かせた。普段なら、お客さんのプライバシーに関わることは、常連客相手であっても口にしないが、今回は非常事態だ。それに見識の広い江差であれば、何か良い案を出してくれるかもしれない。

途中で、江差も恵も飲み物をお代わりした。

話が終わると、江差は腕組みをしてじっと宙《ちゅう》をにらんだ。

「どっちも本当のことを言ってるなら、真実は一つしかないな。真犯人は別にいる」

「私も同じ結論よ」

恵は、グラスに残ったスパークリングワインを呑み干して続けた。

「つまり真犯人を見つけない限り、お客さまの無実は証明できないってわけ。そして、お客さまと婚約者は結婚できない」

恵は両手を腰に当てて江差を見て言った。

「どうすればいいと思う？」

「真犯人を見つけるには、って意味？　それとも手を引くかどうか、って意味？」

「前者」

「だと思った」

江差は真顔《まがお》になって、眉《まゆ》をひそめた。

「でも、正直、無理じゃないか。顔も分からない痴漢を特定するのは……」

言いかけて、江差はあることに思い至った。恵も同じことを思いついた。二人は互いを指さして、同時に叫んだ。

「特定班！」

翌日の午後五時半、江差は沢口秀《さわぐちしゆう》を伴って開店前のめぐみ食堂に現れた。入り口には「本日六時半より開店いたします」の貼《は》り紙をしてある。

「道々、一応の事情は説明した」

カウンターの席に座るや、江差が言った。

「秀さん、お願い出来る？」

「ええ。鷲見君のお父さんでしょ。力になるわ」

恵はホッとして肩の力が抜けそうになった。

「ありがとう。でも、どうやって？」

「方法は色々。まずは痴漢の特定をやってる仲間に、協力を頼んでみる。それとSNSの駅の画像を調べて、怪しい人物を絞《しぼ》り込む。あと、裏アカウントを使って痴漢行為をSNSに投稿してる可能性もあるから、チェックしてみる。とりあえずその辺から始めるわ」

相変わらずのクールビューティーだが、今日ほど秀が頼もしく思えたことはない。

「お夕飯、まだでしょ。遠慮しないでいっぱい食べてね」

恵は、大皿料理を五品盛り付けて出した。飲み物はスパークリングワインを開けた。

「これ、美味《おい》しい。癖になる味」

秀は塩レバーを口に入れ、にっこりと微笑《ほほえ》んだ。

一週間もしないうちに、昼時に秀から連絡があった。

「多分、間違いないと思う」

「ありがとう！　今日、何時頃来られる？　江差さんにも連絡してみるわ」

「この前と同じ時間でいい？」

「もちろん！」

その日の五時半、秀は店にやってきた。ひと足違いで江差も現れた。

「こいつ」

秀はスマートフォンを取り出し、投稿サイトの画面を出した。少女の画像と文章が沢山載っている。

「事件当日の十条駅の写真がこれ」

指で画面をスクロールすると、駅のホームの写真が何枚か出てきた。そこに、芦川糸が映っている。

「この子よ、被害に遭ったの！」

「最初から狙いをつけてたみたいね」

写真には「今日の獲物《えもの》。可愛い。そそられる」という類《たぐい》の言葉が添えられていた。そして、実際に犯行に及んだこと、その女の子が「どっかのジジイ」を自分と間違えて痴漢だと騒ぎ出したので、協力するふりをしてホームで駅員に引き渡して急いで逃げたことまで、克明《こくめい》に記されていた。

「こいつの裏アカから本人を特定できた。痴漢の特定をやっている仲間が送ってくれた駅のホームの写真にも、そいつの顔が映ってたから、ほぼ間違いないと思う」

常習性のある痴漢は、女性を物色して同じ車両に乗り込んだり、電車を降りたり乗ったりして、明らかに不審な挙動を繰り返すので、よく見ると分かるという。

「送ってもらった写真の中で、その裏アカの持ち主と一致するのはこいつ」

秀が画面に男の顔をアップした。

それは見知らぬ顔だったが、秀はスマートフォンの操作を続けながら言った。

「本当に許せない話よ。ついでに、この男がＳＮＳで情報交換をしてる男たちも調べてみたんだけど、中でも特にひどい奴の顔をピックアップしてみた」

秀はスマートフォンの画面に数人の男の顔を表示した。その中の一人が……。

「この男……!?」

ひと目見た途端、恵は息を呑んだ。

「知り合い？」

「まさか。でも、誰かは知ってる」

恵は秀に向き直った。

「この画像とSNSの投稿、それからこっちの男の写真とSNSも私のスマホに送ってもらえないかしら」

「いいわよ」

江差は、スマートフォンから恵に視線を移した。

「で、これからどうするの？」

「関係者と話します。その上で、作戦を立てます」

「うまくいきそう？」

「絶対に失敗しません。鷲見さん親子と夏美さん親子の未来が懸《か》かってるんだから」

江差は危なっかしそうに恵を見たが、何も言わなかった。

その日の朝、芦川糸は女性専用車両ではない車両に乗り込んだ。その後を追うように、サラリーマン風の男が乗ってきた。

糸はドア付近に立っている。糸の左右には四十歳くらいの背広姿の男性と、学生風の青年がいたが、男はうまく糸の背後に立つことに成功した。

電車が池袋駅を出ると、男は行動を開始した。制服の上から臀部《でんぶ》を触り、少しずつスカートの裾《すそ》をめくって、中に手を差し入れようとした。

男の手が下着に触れた瞬間、背広姿の男性がその手首を摑み、青年は糸をかばうように、男との間に自分の身体を滑《すべ》り込ませた。

「降りろ！」

弁護士の辻がドスの利《き》いた声で言った。

「逃げようなんて思うなよ。ホームには警官も待機してる」

鷲見毅も怒りを押し殺した声で言った。

新宿駅のホームには恵と鷲見、夏美が待っていた。電車が停まってドアが開くと、糸が走り出て夏美に抱きついた。

続いて、毅と辻に両腕を取られて男が降りてきた。その男は駅員に引き渡された。

「玉坂さん、本当にありがとうございました」

鷲見親子に続いて、夏美親子と辻も深々と頭を下げた。

「いいえ、みんな特定班の沢口秀さんのお陰です。彼女がいなかったら、犯人を突き止めることは出来ませんでした」

恵は夏美に腕を絡《から》めている糸を見た。

「それと、糸さんのお陰よ。あなたがおとりの役を引き受けてくれなかったら、犯人を現行犯逮捕することは出来なかったわ。とても勇敢《ゆうかん》だった。ありがとう」

糸は激しく首を振った。

「私のせいで、鷲見さんにはご迷惑をかけてしまいました。本当に申し訳ありません」

「君は少しも悪くない。悪いのはあの男だ。怖い思いをしたのに、勇気を出して立ち向かってくれて、本当にありがとう」

犯人のSNSには、「最近十条のあの子に会えない。今週ねばってダメだったら河岸《かし》を変えよう」と書いてあった。男を捕《つか》まえるには、これが最後のチャンスだった。

ホームを吹き抜ける風が頬に冷たかった。

「帰りましょうか」

恵が誰にともなく言うと、夏美が一同を見回した。

「あの、よろしかったら皆さん、うちでお茶でも飲んで行って下さい」

恵が素早く辻に目くばせすると、辻は黙って頷いた。

「すみません。私は店の準備があるので、これで失礼します」

「私も事務所に戻り、警察からの連絡を待ちますので、ここで」

「鷲見さんと毅さんは、お茶に呼ばれましょうね。予行演習ですよ」

毅が嬉《うれ》しそうに鷲見の肩をポンと叩《たた》いた。鷲見は照れ臭そうだったが、幸せに包まれていた。


その日、恵は早めに開店準備を済ませて、「占い居酒屋　ゑんむすび」を訪ねた。

「まだ準備中です」

黒服が迷惑そうにこちらを見た。

「お客じゃないんです。タロット占いのマグノリア麗《れい》さん、いらっしゃる？　はす向かいのめぐみ食堂の者だと伝えて下さい」

「ちょっと待って下さい」

黒服は一度奥に引っ込んで、戻ってきた。

「どうぞ。一番奥の部屋です」

厨房《ちゅうぼう》の横の、楽屋のような狭い部屋で、塩田礼子《しおだれいこ》は化粧している途中だった。

「何か用？」

「忠告をしに来たの」

「何のこと？」

「今日、痴漢行為で逮捕された男がいる。その男とＳＮＳで情報交換してた男の一人が塩田和成《かずなり》よ」

礼子は手鏡を置いて恵をにらんだ。

「うすうす気が付いていたんじゃないの」

「ろくでなしだってことはとっくに分かってたわよ。でも、痴漢とは驚いたわ」

恵は、礼子が負け惜しみを言っていると感じた。

「塩田は常習犯よ。中学生の女の子を襲ってたのよ。何人も」

恵はスマートフォンを取り出し、秀が送ってくれた塩田のＳＮＳを画面に出した。

「ほら、これがあの男の正体よ」

目の前にスマートフォンを突きつけると、礼子は顔をそむけた。

「別れなさい」

「勝手なこと言わないでよ」

「占いではないけれど、聞くか聞かないかはあなたの自由。ただ、ああいう男と一緒にいると、幸せは半分になって、不幸は百倍になるわよ」

恵は、スマートフォンを割烹着《かっぽうぎ》のポケットにしまった。

「マグノリア麗は一人でやっていけるわ。この店だって、無理に相席ラウンジにしなくたって、占い居酒屋でいいじゃない。女の人は占いが好きだから、受けるわよ」

礼子は銅像のように固まって、身じろぎもしなかった。その胸に自分の言葉が届くことを、恵は願うだけだった。

その日はお客さんの引きが早かった。十時になるとカウンターに残っているお客さんは二人連れのひと組だけになった。その二人もそろそろ帰り支度《じたく》を始めている。

今夜は早仕舞《はやじま》いだな。

「お勘定して」

「はい。ありがとうございました」

最後のお客さんが椅子から腰を上げたとき、引き戸が開いた。

「いらっしゃいませ！」

声が半オクターブ高くなったのは、訪れたのが藤原海斗だったからだ。

海斗はカウンターの真ん中の席に腰を下ろした。機嫌が悪いのか、珍しく憮然とした表情をしている。

「お飲み物は何になさいますか」

「困った人だな、本当に」

海斗はじろりと恵をにらんだ。

「あの、何か？」

「今日、うちの優秀な相談員が一人、退職を申し出た。会員と恋仲になって、結婚することになった。相談員としては面目《めんぼく》ないので、退職させて下さい、と」

「……芦川夏美さんですね」

海斗は黙って頷いた。そして次の瞬間、楽しそうに笑い出した。

「痴漢事件の顚末《てんまつ》、聞きましたよ。実に痛快だ。さすがはレディ・ムーンライト。畏《おそ》れ入りました」

海斗はピースサインを出した。

「芦川さんの幸せを祝して、乾杯しましょう。一番高いお酒を開けて下さい」

「いただきます」

恵がスパークリングワインを開ける間に、海斗はもう一度話を始めた。

「もちろん、僕は芦川さんを慰留《いりゅう》しました。優秀な相談員は会社の宝です。彼女にはご自分の幸せを、多くの会員に分け与えてもらいたい」

恵はグラスを掲げて微笑んだ。

「さすがは藤原社長。畏れ入りました」

恵と海斗は乾杯し、グラスを傾けた。


〈了〉

『婚活食堂8』レシピ集

皆さん、『婚活食堂8』を読んで下さって、ありがとうございました。回を重ねてとうとう八巻まできてしまいました。書き始めた頃を思うと、感慨《かんがい》深いものがあります。

今回は、食べてみたい料理は何かありましたか？　もしあったら、どうぞご自身で作ってみて下さい。

作れるかしらですって？　大丈夫、お金のかかる料理と手間のかかる料理は載せていないのが『婚活食堂』の自慢です。

失敗は成功の母。どんどんチャレンジして、ご自身の味を楽しんで下さい。

カブのブルーチーズソテー

〈材　料〉2人分
カブ　3個
ブルーチーズ　30g
バター　大匙《おおさじ》1
塩・胡椒《こしょう》　各適量

〈作り方〉
①カブは茎《くき》を2㎝ほど残して切り、縦に6等分する。
②カブの皮を剝《む》く。
③ブルーチーズを刻む。
④フライパンにバターを溶かし、カブの両面に焼き色が付くまで、強めの中火で焼く。
⑤ブルーチーズを加えて炒め合わせ、胡椒を振る。味を見て塩気が足りなければ塩も振る。

☆チーズの塩気とカブの軟らかな味がよく合って、ワインがすすみます。

ラ・フランスのセロリジンジャー柚子《ゆず》ソースがけ

〈材　料〉２人分
ラ・フランス　１個
Ａ：セロリ　５㎝
　セロリの葉　２枚
　柚子の皮　１／２個分
　生姜《しょうが》の搾《しぼ》り汁　小匙１／２
　柚子の搾り汁　小匙１
　エクストラ・ヴァージン・オリーブオイル　大匙１／２

〈作り方〉
①セロリ、セロリの葉、柚子の皮をみじん切りにする。
②Ａの材料をボウルで混ぜ合わせてソースを作る。
③ラ・フランスを薄めに切って皿に並べ、ソースをかける。
☆お好みで、擂《す》り下ろした柚子の皮を散らして下さい。
☆爽《さわ》やかな味わいが、白ワインにぴったり。

大和芋《やまといも》の擂り流し

〈材　料〉２人分
大和芋　１００g
出汁《だし》　４００㎖
味噌《みそ》　大匙２

〈作り方〉
①出汁を鍋《なべ》に入れて火にかけ、周りに小さな泡《あわ》が出始めたら火を止め、味噌を溶いて常温まで冷ます。
②大和芋の皮を剝き、おろし金で擂り下ろす。
③②を擂り鉢《ばち》に移し、擂り粉木《こぎ》で３、４分、滑《なめ》らかになるまで擂る。
④①を少量ずつ混ぜてゆく。
☆長芋《ながいも》は水っぽくなるので、大和芋か自然薯《じねんじょ》がお勧めです。
☆味噌は、信州《しんしゅう》味噌がお勧めです。

野沢菜《のざわな》とジャコのゴマ油炒《いた》め

〈材料〉２人分
野沢菜　１束
ジャコ（乾燥しているもの）　大匙２
ゴマ油　大匙１／２
塩・胡椒　各適量

〈作り方〉
①野沢菜を洗って水を切り、根を落として長さ２㎝に切る。
②フライパンにゴマ油を入れて熱し、ジャコを加えて１分炒める。
③野沢菜を加えて更《さら》に炒め、火が通ったら塩・胡椒を振って火を止める。
☆ジャコはカリッとするくらい炒めるのが美《お》味《い》しい。
☆漬物の野沢菜を使う場合は、水分をよく絞って、水気がなくなるまで炒める。それから、塩加減に気をつけて下さい。

サツマイモのヨーグルトサラダ

〈材　料〉2人分
サツマイモ　200g
ヨーグルト（無糖）　100g
ハチミツ　大匙1
白煎《い》りゴマ　少々

〈作り方〉
①サツマイモは両端を切り落とし、1㎝角に切る。
②耐熱容器に①を入れ、ラップをして600Wで3分加熱する。
③ヨーグルトとハチミツを混ぜ合わせ、②に絡《から》める。
④器《うつわ》に盛って、仕上げに白煎りゴマを振る。
☆サツマイモの甘さとヨーグルトの酸味がよく合って、デザート感覚で食べられます。
☆レーズンを加えると美味！

ゴボウのオイル煮

〈材料〉２人分
ゴボウ（泥付き）　２本
昆布《こんぶ》10㎝角
オリーブオイル　適量
Ａ：日本酒　２００㎖
　醤油《しょうゆ》　大匙３
　みりん　大匙１
　水　２００㎖

〈作り方〉
①ゴボウは洗って水気を拭《ふ》き、長さ12㎝に切る。
②鍋に深さ２㎝までオリーブオイルを入れ、１６０度まで熱したら①を入れ、15～20分揚げ煮にする。
③別の鍋に昆布とＡを入れて火にかけ、沸騰《ふっとう》したら②のゴボウを入れて、汁気がなくなるまで弱めの中火で炒《い》り煮《に》する。
④ゴボウを皿に盛り、③の昆布を５㎜幅の細切りにして上に載せる。
☆ゴボウ単体で、主菜並みの存在感があります。

平目《ひらめ》のカルパッチョ 柚子山椒《さんしょう》ソース

〈材料〉2人分
平目（刺身用） 80g
A：エクストラ・ヴァージン・オリーブオイル 大匙1
薄口《うすくち》醤油 大匙1
山椒 小匙1／2
柚子の皮の擂り下ろし 小匙1／2

〈作り方〉
①平目を薄くそぎ切りにして、皿に並べる。
②Aの材料を混ぜ合わせてソースを作り、平目にかける。

☆すでにお刺身になっている平目を使えば、更に手間いらず。

カリフラワーとウインナーのカレーマヨ炒め

〈材　料〉２人分
カリフラワー　１／２個
ウインナー　６本
塩・胡椒　各適量
マヨネーズ　大匙３
カレー粉　小匙１
刻みパセリ　少々

〈作り方〉
①カリフラワーは小房に切り分ける。
②ウインナーは１㎝幅の斜め切りにする。
③耐熱容器にカリフラワーを入れてラップをかけ、６００Ｗで３、４分加熱する。
④フライパンを火にかけ、ウインナーを入れて炒め、油が出てきたらカリフラワーを加えて炒め、マヨネーズとカレー粉を入れて絡め、仕上げに塩・胡椒で味を調《ととの》える。
⑤器に盛って刻みパセリを散らす。
☆マヨネーズとカレー粉で味が決まるので、便利なおかず。

菜の花とハマグリのクリーム煮

〈材　料〉2人分
菜の花　1束《たば》
ハマグリ（大）　4個
生クリーム　1／4カップ
薄口醤油　小匙2
水溶き片栗粉《かたくりこ》　小匙1
A：日本酒　大匙1
　バター　小匙2
　水　2／3カップ

〈作り方〉
①菜の花は半分の長さに切り、さっと茹《ゆ》でてざるに上げる。
②ハマグリは殻《から》をこすり合わせて洗う。
③フライパンにAとハマグリを入れ、蓋《ふた》をして2、3分煮る。
④ハマグリの殻が開いたら生クリームを入れ、薄口醤油で味を調え、水溶き片栗粉でとろみを付け、菜の花を加えて混ぜ、軽く温める。

☆クリーム煮は片栗粉でとろみを付けるので、簡単で失敗がありません。
☆本文では、おでんの出汁で煮ていますが、ハマグリから出汁が出るので、敢《あ》えてこのレシピでは出汁は加えていません。ただし、ハマグリ以外の材料で作る場合は、水の代わりに出汁を使うのがお勧めです。

鶏レバーの赤ワイン煮

〈材料〉２人分
鶏レバー　２００g
生姜　１／２片
サラダ油　大匙２
Ａ：醤油　大匙２
　みりん　大匙１
　赤ワイン　１００mℓ
　ハチミツ　大匙２

〈作り方〉
①鶏レバーの下処理をする。鶏レバーは洗って汚れを落とし、血管と筋《すじ》を切り取り、15分ほど水に浸《つ》ける。途中で、血液で水が濁《にご》ったら新しい水に取り換える。
②鶏レバーの水気を拭《ふ》き取り、ひと口大に切る。
③生姜の皮を剥き、千切りにする。
④フライパンにサラダ油を入れ、鶏レバーを入れて中火で5分ほど炒め、表面の色が変わったら生姜を加えてさっと炒めて、Ａを入れる。
⑤更に中火で5分ほど炒め、水分が少なくなり、とろみが付いてきたら出来上がり。

塩レバー

〈材　料〉２人分

鶏レバー　２００g
塩　大匙２
ゴマ油　大匙１
小ネギ　適量
A：長ネギの青い部分　10㎝
　生姜スライス　２枚
　日本酒　大匙３

〈作り方〉

①鶏レバーの下処理をする（前ページの①参照）。
②鶏レバーはひと口大、小ネギは小口切りにする。
③ボウルに鶏レバーと塩を入れ、やさしく揉《も》み込む。
④鍋に水５００㎖（分量外）を入れて火にかけ、沸騰したら③とAを入れ、５分煮る。
⑤蓋をして火を止め、10分置く。
⑥鶏レバーを皿に並べてゴマ油をかけ、小ネギを散らす。

☆味付けにポン酢とか、薬味に三つ葉や香《シャン》菜《ツァイ》をトッピングするとか、アレンジは色々あるのでお試し下さい。

☆鶏レバーの臭《くさ》みをもっと完全に取り除きたい方は、下処理した後でさっと茹でるか、牛乳に浸けてみて下さい。

著者紹介

山口恵以子（やまぐち　えいこ）

1958年、東京都江戸川区生まれ。早稲田大学文学部卒業。松竹シナリオ研究所で学び、脚本家を目指し、プロットライターとして活動。その後、丸の内新聞事業協同組合の社員食堂に勤務しながら、小説の執筆に取り組む。2007年、『邪剣始末』で作家デビュー。2013年、『月下上海』で第20回松本清張賞を受賞。
主な著書に、「食堂のおばちゃん」「婚活食堂」シリーズや『風待心中』『毒母ですが、なにか』『食堂メッシタ』『夜の塩』『いつでも母と』『食堂のおばちゃんの「人生はいつも崖っぷち」』『さち子のお助けごはん』『ライト・スタッフ』『トコとミコ』『ゆうれい居酒屋』などがある。

目次・主な登場人物・章扉デザイン――大岡喜直（next door design）
イラスト――pon-marsh

この物語はフィクションです。
実在の人物・団体などには一切関係ありません。

本書は、書き下ろし作品です。

ＰＨＰ文芸文庫　婚活食堂８

2022年11月22日　第１版第１刷

著　者　山口恵以子
発行者　永田貴之
発行所　株式会社ＰＨＰ研究所
東京本部　〒135-8137　江東区豊洲5-6-52
文化事業部　☎03-3520-9620（編集）
普及部　☎03-3520-9630（販売）
京都本部　〒601-8411　京都市南区西九条北ノ内町11
PHP INTERFACE　https://www.php.co.jp/
組　版　朝日メディアインターナショナル株式会社
印刷所　図書印刷株式会社
製本所　東京美術紙工協業組合

ISBN978-4-569-90253-1

PHP文芸文庫

婚活食堂1〜7

山口恵以子 著

名物おでんと絶品料理が並ぶ「めぐみ食堂」には、様々な結婚の悩みを抱えた客が訪れて……。心もお腹も満たされるハートフルシリーズ。

PHP文芸文庫

風待《かざまち》心中

山口恵以子　著

江戸の町で次々と起こる凄惨な殺人事件、そして驚愕の結末！　男と女、親と子の葛藤が渦巻く、一気読み必至の長編時代ミステリー。

PHP文芸文庫

本所おけら長屋（一）〜（十九）

畠山健二 著

江戸は本所深川を舞台に繰り広げられる、笑いあり、涙ありの人情時代小説。古典落語テイストで人情の機微を描いた大人気シリーズ。

PHP文芸文庫

鯖《さば》猫《ねこ》長屋ふしぎ草紙(一)〜(十)

田牧大和 著

事件を解決するのは、鯖猫!? わけありな人たちがいっぱいの「鯖猫長屋」で、不可思議な出来事が……。大江戸謎解き人情ばなし。

PHP文芸文庫

京都祇園もも吉庵のあまから帖1～5

志賀内泰弘 著

京都祇園には、元芸妓の女将が営む「一見さんお断り」の甘味処があるという――。ときにほろ苦くも心あたたまる、感動の連作短編集。

PHP文芸文庫

グルメ警部の美食捜査1〜2

斎藤千輪 著

この捜査に、このディナーって必要⁉ 聞き込み中でも張り込み中でも、おいしい料理にこだわる久留米警部の活躍を描くミステリー。

PHP文芸文庫

占い日本茶カフェ「迷い猫」

標野凪 著

全国を巡る「出張占い日本茶カフェ」。その店主のお茶を飲むと、不思議と悩み事を相談してみたくなる。心が温まる連作短編ストーリー。

PHP文芸文庫

天方家《あまがたけ》女中のふしぎ暦《こよみ》

黒崎リク　著

奥様は幽霊？　天涯孤独で訳ありの結月が新しく勤めることになった天方家には、奇妙な秘密があった。少し不思議で温かい連作短編集。